AF145894

Karl Oberleitner

Donna Maria de Pacheco

Trauerspiel in fünf Aufzügen

Karl Oberleitner

Donna Maria de Pacheco
Trauerspiel in fünf Aufzügen

ISBN/EAN: 9783744630238

Hergestellt in Europa, USA, Kanada, Australien, Japan

Cover: Foto ©Andreas Hilbeck / pixelio.de

Weitere Bücher finden Sie auf **www.hansebooks.com**

Donna
Maria de Pacheco.

�֎

Trauerspiel in fünf Aufzügen

von

Karl Oberleitner.

Alle Rechte vorbehalten.

Wien.

Wilhelm Frick,

k. k. Hofbuchhandlung.
1884.

Dᴿ· Fauſt Pachler

gewidmet

Perfonen.

Karl, römifcher Kaifer und König von Spanien.

Juana, Königin von Caftilien und Aragon, feine Mutter.

Catalina, Infantin, ihre Tochter.

Donna Maria de Pacheco.

Don Juan de Padilla, Grande von Caftilien, ihr Gemahl.

Don Pedro Lafo de la Vega, \
Don Pedro Giron, } Granden von Caftilien.

Don Hernando de Avalos, \
Don Juan Bravo, \
Don Francesco Maldonaldo, } Caballeros von Caftilien und Anhänger des Don Padilla. \
Don Juan Zapata,

Don Antonio de Salvatierra.

Alfonfo, fein Begleiter.

Don Fadrique Enriquez, Almirante von Caftilien.

Marques von Denia, Gobernador der Juana.

Andreas, Beichtvater der Juana.

Iñigo Loyola.

Ines, Dienerin der Maria de Pacheco.

Moro, ein alter Jude.

Der Secretär Karls V.

Ein Abgefandter Königs Franz I. von Frankreich.

Der Prior des Klofters in Prado.

Pablo, Stierfechter.

Marranos (Judenchriften). Handwerker, Bürger von Toled
Valladolid und Tordefillas. Caballeros von Caftilien. Mönd
von Prado. Bewaffnete Mönche. Soldaten Karls V.

Die Handlung fpielt in Caftilien.

Toledo. Saal im Palaste Don Padillas.

(Maria de Pacheco und Jnes treten auf.)

Maria (erregt). Man kämpft in den Mauern Toledos, aus Eifersucht, im kleinlichen Zwist, jetzt, da man die Freiheiten Castiliens im offenen Felde vertheidigt! Wer zog die Klinge? Wer ist der Vermessene?

Jnes. Don Juan de Padilla.

Maria (schnell). Dann hat ihn Einer der Ayalas gefordert.

Jnes. Don Pedro Copez de Ayala kreuzt mit ihm die Waffen.

Maria. Die alten Feinde unseres Hauses, die Ayalas, erheben wieder trotzig ihr Haupt, da Don Pedro Caso zu dem Heere nach Valladolid abging. Schändlich! Sie brechen jetzt den Frieden, den er in ihrem Namen mit uns schloß.

Jnes. Der kalte, berechnende Mann, der stets der heftigste Gegner Padillas war, bot nicht als Freund die Hand zur Versöhnung. Die Klugheit rieth ihm zu diesem Schritte. Er sah, daß die feindselige Stellung der Ayalas zu den Silvas ihn als das Haupt der

durch sein ritterliches, offenes und heiteres Wesen ihn, den Verschlossenen, aus der Gunst des Volkes immer mehr verdrängte. Er wollte nachgiebig erscheinen und stieß die Klinge in die Scheide. Mit haßerfülltem Herzen aber späht er nach der Gelegenheit, Padillas Einfluß auf die Bewegung zu untergraben, ihm die Liebe des Volkes zu entreißen.

Maria. Das soll, das wird er nicht.

Ines. Steht Don Laso nicht schon an der Spitze der Bewegung? Schwang er sich nicht zum Heerführer der Junta auf? Bald wird er auch den Nebenbuhler durch kühne Waffenthaten aus dem Sattel heben.

Maria (entschlossen). Padilla wird morgen mit seinen Anhängern in Valladolid einziehen. Der Jubel der Toledaner, der den Scheidenden begleitet, wird auch in den Herzen der Bürger von Valladolid sein Echo finden und dem Ankömmling entgegenschallen.

Ines. Doch wie wird Don Laso ihn empfangen?

Maria. Er mag ihn stolz und unwirsch begrüßen; sein Groll aber wird es nicht verhindern, daß Padilla die Krieger des Juntaheeres für sich begeistert.

Ines. Wer schützt Dich, wenn die mit Don Padilla verbündeten Caballeros die Stadt verlassen? Kannst Du allein den streitlustigen Ayalas die Spitze bieten?

Maria (stolz). Die Zügel der Herrschaft in Toledo werden nicht in ihre Hände fallen. Die Bürger stehen mir zur Seite, bewachen das Freiheitsbanner, das von

(Don Hernando de Avalos kommt in Eile.)

Maria. Du kommst in Eile! (Angstvoll.) Padilla ist verwundet?

Avalos. Don Padillas Klinge hat noch jeden Fechterstoß abgewehrt. Der übermüthige Don Pedro Lopez de Ayala, der ihn mit frechen Worten herausgefordert, ficht nicht mehr.

Maria. Er war kein ebenbürtiger Gegner; Padilla hätte ihm mit Hohn den Rücken kehren sollen. Die Bürger sind über diesen Friedensbruch erbost?

Avalos. Sie schwangen jubelnd das Barett, als der blonde Fechter aufstöhnend zu Boden stürzte.

Maria. Welches Ereigniß beflügelte Deine Schritte zu unserem Palaste?

Avalos. Unheimliche Gerüchte schwirren in der Luft.

Maria (schnell). Erlitt Don Laso durch die königlichen Truppen eine Niederlage?

Avalos. Noch traf kein Bote aus Valladolid in Toledo ein.

Maria (für sich). Er kämpft noch nicht oder verschweigt einen verunglückten Angriff.

Avalos. Schließ' die Thore Deines Palastes, verstärke die Wachen. Die Marranos schwuren allen Toledanern Tod und Verderben.

Maria. Die Judenchristen wollen mit den Waffen uns entgegentreten? Das wagen sie nicht!

Avalos. Die Verzweiflung treibt sie zur Empörung.

Avalos. Jhres Eigenthums durch die Jnqui
tion beraubt, dem größten Elende preisgegeben, vor
en Toledanern verachtet, verspottet, von den Jnqui
toren überwacht, als falsche Christen geschmäht, de:
lbfalls von dem christlichen Glauben verdächtigt, mi
(erker und Tortur bedroht, wollen sie sich mit der
Waffen von dem schmachvollen Loose befreien.

Jneß (für sich). So dürfen sie nicht untergehen.

Maria. Wer hat dieses Märchen erdichtet?

Avalos. Man belauschte sie in den Ruinen de:
aracenenburg, in denen sie ihre geheimen Zusammen
ünfte halten.

Maria. Die Uneinigkeit der Caballeros ermuthig
e zum Aufstand.

Jneß (bittend). O habe Du mit ihnen Erbarmen
ße ihre Fesseln.

Maria. Was kümmert Dich ihr Geschick! (für sich.
)errieth man ihr, daß ihre Eltern von jüdischer Ab
.nft waren? Sie darf nicht erfahren, was ihre Mutte:
:litt.

Jneß. Vergieß nicht ihr Blut!

Maria (zu Avalos.) Jch will den Funken ersticken
he ihn der Haß zur Flamme anfacht. Ruf' die Bürge:
u den Waffen, besetze die Thore Toledos, den Alcazar

Avalos will gehen, als Juan Bravo, Francesco Mal
donado auftreten.)

zu Jnes.) Sieh' nach meinen Kindern.

Jneß (im Abgehen für sich). Noch kann ich die Mar

Bravo (zu Avalos). Wohin eilst Du?

Avalos. Zu den Bürgern.

Maldonado. Bleibe hier. Sie sind in Aufruhr.

Maria. Ein dunkles Gerücht versetzt sie in Angst.

Maldonado. Die sichere Kunde von dem Verrathe einiger Granden hat sie empört, sie rufen nach Waffen, nach Dir und Don Padilla.

Maria. Fiel Don Laso von unserer Sache ab?

Bravo. Don Laso steht treu zu uns; doch der entschlossene Graf von Aquilar, das angesehene Haupt des mächtigen Hauses Velasco, forderte den Grafen von Benavente, den Marques von Astorga, den Grafen von Albelista zur Bildung eines Grandenheeres auf. Sie leisteten ihm den Schwur und werben jetzt in Rioseco, wohin sich auch Adrian der Cardinalgobernador von Valladolid flüchtete, Truppen für Don Carlos an.

Maria. Man will uns täuschen, entmuthigen. Die Nachricht kommt aus dem Lager unserer Feinde.

Maldonado. Der edle Don Giron ersinnt keine Lüge. Der Generalcapitan Don Antonio de Fonseca versuchte in einem Schreiben auch ihn zum Uebertritte zu bewegen, doch er folgte nicht seinem Lockrufe.

Maria (entrüstet). Fonseca wagte dies, der Medina del Campo in Brand schoß! Traut auch nicht Don Giron. Er hält sich noch immer von unserem Bunde fern. Sein Herz schlägt nicht für die Freiheit Castiliens; das Ziel seines Schwertes ist das Herzogthum Medina Sidonia.

Bravo. Das wird er nie erlangen; Don Carlos schlug ihm in der Audienz zu San Jago rundwegs seine Ansprüche ab und der Tiefgekränkte wird an seinem Vaterlande nie einen Treubruch begehen.

Maria. Ihr verzagt, weil einige Granden, un= zuverlässige Bundesgenossen von uns abgefallen? Das Heer der Städte von Castilien und Aragonien ist mächtig genug, nicht blos die Truppen des Don Carlos, auch die Schaar der Verräther zu besiegen.

(Man hört die Glocken des Domes erschallen.)

Alle. Die Glocken des Domes ertönen.

Avalos. Man läutet Sturm!

Bravo. Ein wüster Lärm erschallt vom Al= cazar her.

Avalos (zu Maria). Wenn die Marranos los= geschlagen?

Maria. Wird man sie niederschmettern. (Zu den Anderen.) Versammelt die Caballeros. Ihr zaudert? (Sie öffnet hastig das Fenster.) Euch erschreckt der Ruf nach Waffen, (nach einer Pause) ich aber höre Jubelrufe.

(Don Juan Zapata kommt mit einigen Caballeros.)

Zapata. Sieg! Sieg! Don Laso hat Tordesillas erstürmt!

Alle (freudig). Hoch Laso! Hoch die Junta!

Maria (für sich). O daß er und nicht Padilla den Sieg erfocht! (Zu Zapata.) Entfloh die Königin?

Zapata. Juana wollte Tordesillas nicht verlassen.

Maria. Vor Juana senken wir die Fahne.

Zapata. Preist auch Don Antonio de Acuña. Er hat mit seinen bewaffneten Mönchen den vornehmsten Antheil an dem Siege.

Maria. Der Bischof von Zamora, der das Kreuz mit dem Schwert vertauschte, auf seine Faust Krieg führt, die Bauern aufwiegelt und die Mönche bewaffnet, zog Don Laso zu Hilfe?

Zapata. Er schwört zu unserer Fahne. Die Abgesandten der Städte erwählten ihn zum Oberhaupt der Junta.

Maria. Ohne uns zu befragen? Toledo weicht vor keiner Stadt, selbst vor dem eifersüchtigen Burgos nicht zurück! Wir schlossen uns dem Bund der Städte, der heiligen Junta, nicht als Waffenträger an. Granden! Caballeros! Man darf unser Recht nicht schmälern. Don Laso, Don Antonio de Acuña sollen nicht allein im Rathe der Königin sitzen. Auf! Versammelt Euch um Don Padilla, zieht mit ihm noch heute nach Tordesillas.

Bravo. Wenn sich Don Padilla weigert, Toledo zu verlassen?

Maria (entschlossen). Ich ziehe mit ihm nach Tordesillas.

Alle (begeistert). Wir folgen Dir!

Maria. Rüstet Euch zum Aufbruch. (Zu Avalos.) Vollzieh' meinen Befehl; bewaffne die Bürger, bewache mit ihnen die Marranos.

(Alle gehen ab.)

Maria (allein). Die Königin in den Händen des hinterlistigen Don Laso, des gewaltthätigen, nicht minder verschlagenen, habsüchtigen Bischofs von Zamora! Wird nicht Don Laso, der mit den Comuneros liebäugelt, die reizbare, leidenschaftliche Juana so lange

umſchmeicheln, bis ſie die Freiheiten der Städte be=
ſtätigt, gleichviel ob dadurch die Rechte der Granden
und Caballeros verkürzt werden? Sie wollen, ja die
eigenſüchtigen Comuneros fordern ſchon, daß der Adel
mit ihnen gleiche Laſten trage; ſie ſtreben darnach, wie
die italieniſchen Freiſtaaten, ſich ſelbſt zu verwalten.
Gemach, ihr ſchlauen Herren der Junta! Maria de
Pacheco denkt und lenkt. Ihr ſollt mit unſeren Waffen
die Herrſchaft im Lande nicht erobern. Ihr droht,
uns die Burgen zu entreißen, wenn wir gegen Euch
ſtehen; wohlan, wir kämpfen an eurer Seite, doch für
unſere Rechte. Fällt unſere Maske, dann ſind wir die
Herren im Reiche. Sie nennen Don Laſo die Seele
des Aufſtandes! Wie lange noch? Bald wird es Don
Padilla ſein! Ihn liebt das Volk, ihn ſchmückt die
Jugend, ein heiterer Sinn. O wäre er nur entſchloſſen
ſo wie ich! Wäre er nicht allzubeſcheiden! Er wird ſich
ſträuben, mit Don Laſo in den Wettkampf einzugehen.
Er muß fort von hier, mit mir nach Tordeſillas.
Wenn er ſchwankt, ſporne ich ihn an; droht ihm Gefahr,
wehre ich ſie ab; mit meinen Augen ſoll er ſehen, mit
meinem Herzen ſoll er fühlen.

(Sie geht an das Fenſter.)

Horch! Vom Hufſchlag dröhnt die Straße. Reiter
nahen. Voran Padilla! O herrlicher Mann! O mein
ſüßer Freund! Wie ragt ſeine edle, ſchlanke Geſtalt
unter Allen hervor! Wie vornehm lenkt ſeine Hand
die Zügel! Sie ſoll das Schwert für die Freiheit Ca=
ſtiliens ſchwingen. Stolz erhebt ſich die Feder ſeines
Hutes, wenn er grüßt. Sein Blick wird auch Juana

bezaubern. Ich nicht allein will den Heißgeliebten be-
wundern, Alle, Alle sollen ihm huldigen.

(Don Padilla tritt rasch ein.)

Maria (eilt ihm entgegen und umschlingt ihn innig).
Wie haft Du mich in Angst verfetzt!

Don Padilla. Du warst beforgt um mein Leben?
Es hing doch nie an der Degenfpitze eines Prahlers.
Auch jetzt hat meine Klinge den Verwegenen gezüchtigt.

Maria. Wohl nur wegen einer fpöttifchen Rede,
ob eines höhnifchen Lächelns.

Don Padilla. Du warst das Ziel feines Haffes.
Er klagte Dich des Hochmuthes und der Herrfchfucht an.
Ich zog den Degen und er fchmäht Dich nicht mehr.

Maria. Er verrieth nur, wie Don Lafo feindlich
uns gefinnt ist. Das Blut eines Wichtes aber follte
die edle Toledanerklinge, die Deine Ahnen ruhmvoll
in den Saracenenfchlachten fchwangen, nicht beflecken.
Ziert fie nicht der Wahlfpruch: „Zieh' mich nicht ohne
Grund, steck' mich nicht ein ohne Ehr?"

Don Padilla. Dein Wort ist hart, gleicht einer
Anklage.

Maria (innig). Ist nur der Vorwurf der Liebenden.

Don Padilla. Der Deine Gedanken nicht verbirgt.

Maria. Erräthft Du fie?

Don Padilla. Du verdammft mich, daß ich für
die Freiheit Caftiliens nicht unter Don Lafos Banner
kämpfe.

Maria. Der Grande Padilla steht nicht unter
dem Oberbefehl Don Lafos. Der Ruhmesglanz Deiner
Ahnen, der Dich umftrahlt, stellt Dich über ihn.

Don Padilla. Er ist jetzt der Gebietende.

Maria. Weil ihn kein Nebenbuhler in die Schranken fordert.

Don Padilla. Er ist ein tapferer Kämpfer.

Maria. Wie Du!

Don Padilla. Vor seinem Willen neigt sich selbst die Junta.

Maria. Er ist nur ihr Werkzeug. Du aber bist der Liebling des Volkes. Darfst Du noch länger vor ihm zurückweichen? Wenn Du Deine Fahne schwingst, um die das Volk sich schaart, muß er das Banner der Junta vor Dir senken. Entrolle die Fahne, brich auf nach Tordesillas, entwinde ihm den Feldherrnstab. (Innig.) Ich will Dich, den ich über Alles liebe, von Allen beneidet, bewundert sehen. Laß mich stolz Dich als den Befreier Castiliens in die Halle des Alcazars geleiten, laß mich mit Freudenthränen auf den Jubel des Volkes lauschen, den Helden an mein Herz drücken.

Don Padilla. Dich blendet der Glanz des Ruhmes, der uns oft in den Abgrund des Verderbens lockt; der Sonnenstrahl des Glückes weist mir die Bahn des Friedens. Beglückt Dich nicht mehr meine Liebe?

Maria. Du willst auf Rosenpfaden wandeln? Blut hat sie getränkt, von den Blumenkelchen tropfen Thränen des Elends und der Verzweiflung nieder; kein würziger Rosenduft, Modergeruch erfüllt rings um sie die Luft. Wach auf aus dem Traum! Sieh hin auf die zertretenen Saaten, auf die rauchenden Trümmerstätten, auf die Leichen Deiner erschlagenen Brüder. Sieh hin auf die Städte, wie sie veröderten; sieh die

Bürger, wie sie unter der Herrschaft des Herzogs von Chièvres verarmt sind. Ausgeplündert ist der goldene Thurm am Guadalquivir. Sollen die verhaßten Flamänder, die Lieblinge des Don Carlos, wieder= kehren? Sollen nochmals die Soldaten die Goldbarren Mexikos und Perus aus den Kanonen verschießen, mit ihnen die Höflinge sich bereichern, die Mönche sie ver= praßen, sie versingen? Gedenk' der Schmach, die wir von Don Carlos erlitten, als er in unser Land kam. In Barcelona, Saragossa, Medina del Rey hielt er Hof, verschwendete er unser Gold für rauschende Feste, Toledo aber, die Perle Castiliens, würdigte er nicht des Besuches. Der römische Kaiser war zu stolz, den Granden, die mit ihrem Blute Castilien und Leon er= oberten, gnädig die Hand zu reichen.

Don Padilla (entrüstet). Die Granden werden diese schwere Beleidigung nie vergessen.

Maria. Ergreift Dich nicht ein tiefes Weh, wenn Du siehst, wie die alte Pracht in unseren Städten hin= schwindet? Empört es Dich nicht, wenn sich selbst Caballeros aus Feigheit und Habgier vor dem Tribunal der Inquisition in den Staub werfen? Wie sank Cor= dova, der Stolz der maurischen Könige, herab! Im Alcazar, der wie aus Leopardenfellen erbaut scheint, geziert mit Gold von Tibar, in dem die maurischen Ritter von den schwellenden Rosenlippen, vom schlanken Palmenleib, von den süßen Gazellenaugen schwärmten, sitzen die Inquisitoren zu Gericht, unmenschlicher, furcht= barer wüthend als einst der wahnbefangene Khalife Alhakem. Die Wände des Prunkgemachs, auf die

Almansor der Duldsame mit goldenen Buchstaben ein=
graben ließ, die Könige Cordovas gestatten den Christen
die freie Ausübung ihrer Religion, bespritzt das Blut
der gefolterten Mauren und Judenchristen. Fühlst Du
kein Mitleid mit diesen unglücklichen Opfern des Wahn=
witzes und der Habsucht? Niemand kämpft für sie,
auch Don Laso nicht. Soll Gott nur allein sich er=
barmen? Greif Du zum Schwert, befreie sie. Schau=
dert Dir nicht vor dem habgierigen Blick des Groß=
inquisitors, so geh' zu ihm, reiche knieend ihm die
schwarze Maske, mit der er sein frommes Antlitz vor
den zum Tod Verdammten verbirgt.

Don Padilla (entrüstet). Den Stahl stoß ich ihm
in die Brust.

Maria (öffnet die Thür des Seitengemaches und ergreift
seine Hand). Da sieh die schlummernden Engel!

Don Padilla (bewegt). O meine Kinder!

Maria. Kämpfst Du auch nicht für sie? Laß'
sie glücklichere Tage schauen. Die Freiheit, die Du
Castilien ersiegst, gibst Du auch ihnen.

Don Padilla (umarmt sie). Du hast mich besiegt!
(Begeistert.) Ein freies Castilien sei mein Schlachtruf!

Maria. Einen Kuß noch unseren Kindern, dann
komm' mit mir nach Tordesillas.

Don Padilla. Wer schützt die Kinder?

Maria. Mein Vater wird sie liebend behüten.
(Sie sieht durch das Fenster.) Nun komm', die Caballeros
sammeln sich im Hofe des Palastes. (Im Abgehen für sich.)
Der hinterlistige Don Laso soll ihn nicht umgarnen.

(Beide gehen ab.)

Verwandlung.

Im Hintergrunde auf einem Felsgebirge liegt Toledo, von der Abendsonne beleuchtet. Am Fuße des Gebirges fließt der Tajo, im Purpurlicht glänzend. Rechts vorne liegt ein verfallenes Saracenenschloß, von welchem ein kurzer Weg zu einer Brücke sich zieht.

(Moro tritt aus den Ruinen.)

Moro. Vielumkämpftes Toledo! Theure Heimats= stätte! So sehe ich Dich wieder nach langen Jahren der Verbannung. Herrliche Felsenstadt! Die schlanken Sa= racenenthürme, die steil abfallenden Mauern künden noch den Ruhm Deiner Vergangenheit. Schützend um= rauscht Dich noch der Tajo, in dem so mancher kühne Sturmläufer versank. Stolz prangt dort der Alcazar! Das christliche Schloß blickt auf die zerstörte Saracenen= burg wie auf einen feindlichen Bruder nieder. Er= röthest Du jetzt im Abendlicht ob des vielen Blutes, das die christliche Liebe in den schimmernden Hallen des Saracenenschlosses vergossen? Ein Geier fliegt von der Riesenmauer des Königs Wamba auf! Er hält eine Taube in den blutigen Fängen. Mich schaudert! Dort ist die Stelle, dort, wo man (schmerzlich aufschreiend) mein Weib verbrannt! — Die Sonne sank, als der bleiche, junge Priester der Gefesselten das Kreuz zum Abschiedskusse reichte. Ein eisiger Wind erhob sich; eine mächtige Flamme schlug empor; unter Prasseln und Knistern brach der Holzstoß zusammen, und, o barm= herziger Gott, mein Weib, mein heißgeliebtes Weib war Asche — Asche! — Graf von Salvatierra! Ich

2*

will Dich an diese Stunde gemahnen, daß Dir das Blut
in den Adern erstarrt. Du haft sie als Ketzerin ange=
klagt, dem Feuertode überliefert. Ein Flüchtling, be=
droht von dem aufgehetzten Volke, o welche schreckliche
Nacht durchwachte ich in diesen Ruinen unter Thränen
und Klagen. Am frühen Morgen erst betrat ich die
Schwelle meines Hauses. Entsetzlicher Anblick! Aus=
geplündert waren die Gemächer; erschlagen lag die
Magd und fort, o Jehova, fort war mein Kind, fort
mein armes Kind! — Graf von Salvatierra! Ich
komme jetzt, ford're von Dir mein Kind zurück. Zittere!
Der Tag der Vergeltung ist angebrochen. Ich räche
mein Weib!

(Er hört in der Nähe ein Kirchenlied singen.)

Ein frommer Gesang tönt zu mir herauf. (Er sieht
hinab.) Pilger kehren, wohl von Montserrat kommend,
nach Toledo zurück. Sie sollen vorüberziehen, dann
schlage ich den Weg zur Brücke ein.

(Er geht in die Ruinen.)

(Die Marranos treten auf.)

Erster Judenchrist. Brecht ab den Gesang, die
Dominikanermönche, die uns in der Ferne folgten und
beobachteten, eilten in die Stadt zurück.

Zweiter Judenchrist. Mit dem Auge eines
Luchses belauern sie uns, zu jeder Stunde dringen sie
in unser Haus.

Dritter Judenchrist. Als wir Juden waren,
haben sie uns mit den Waffen des Religionshasses ver=
folgt, jetzt, da wir uns zu dem christlichen Glauben

bekennen, quälen sie uns mit ihrem Mißtrauen, ver-
dächtigen, verspotten, verachten sie uns.

Erster Judenchrist. In den schmutzigsten Winkel
der Stadt haben sie uns verbannt.

Zweiter Judenchrist. Sie schelten uns Wucherer,
Betrüger.

Dritter Judenchrist. Sie wollen, daß wir im
Elend verkümmern, zu Grunde gehen.

Erster Judenchrist. Kein Tag vergeht, daß sie
nicht mit List oder mit Gewalt einer Mutter das Kind
entreißen.

Zweiter Judenchrist. Jammern wir darüber,
wiegeln sie gegen uns das Volk auf, beschuldigen sie
uns, daß wir die Kinder nicht christlich erziehen.

Dritter Judenchrist. Kein Vater sieht das geraubte Kind wieder.

Erster Judenchrist. Klagen wir über ihre grau-
same Behandlung, weist man uns zurück; kein Bürger,
kein Caballero wagt gegen die Peiniger Zeugniß ab-
zulegen und desto sicherer fallen die Kläger der Inquisition zum Opfer.

Alle. Wehe! Wehe!

Erster Judenchrist. Warum klagt Ihr noch
länger? Befreit Euch vor den Peinigern. Die Toledaner kämpfen jetzt für ihre Freiheiten; wir wollen
unsere Menschenwürde vertheidigen.

Alle. Wir greifen zu den Waffen.

Erster Judenchrist (zieht seinen Dolch). Schwört
auf diesen Dolch!

(Moro tritt hervor.)

Moro. Schwört auf die Thora!

Alle. Stoß' ihn nieder! Er hat uns belauscht, wird uns verrathen!

Moro. Ihr seid Christen? So liebt ihr den Menschen?

Erster Judenchrist. Du bist ein Sendling der Mönche.

Alle (drohen mit ihren Dolchen). Nieder mit ihm!

(Sie wollen ihn ermorden, als Ines rasch auftritt.)

Ines. Haltet Frieden! Handelt nicht unbesonnen.

Alle (wenden sich Ines zu). Ines! Unser Schutzgeist!

Ines. Steht ab von Eurem Anschlag, er ist entdeckt.

Alle (entrüstet zu Moro). Schurke! Du hast uns schon früher behorcht. Wir sind verloren!

Moro. Ihr seid schon muthlos, wenn ein Fremd= ling in Eure Mitte tritt?

Alle. Nieder mit dem Verräther.

Ines. Verdammt ihn nicht auf den bloßen Ver= dacht hin. (Zu Moro). Woher kommst Du?

Moro. Von Valencia. Toledo ist das Ziel meiner Reise, ein tiefer Schmerz begleitet mich dahin.

Erster Judenchrist. Man verfolgt auch Dich? Man hat Dich geächtet, beraubt?

Moro (für sich). Nur Selbstsucht erfüllt ihr Herz. (Heftig zu Allen). Ihr nennt Euch Christen und zieht rasch den Dolch, einen schwachen Greis zu tödten? Seid Ihr durch die Lehre Christi nicht milde, duldsam, gerecht und wahrheitsliebend geworden, dann kehrt wieder zu dem Glauben Eurer Väter zurück.

Erster Judenchrist. Du verhöhnst uns?

Zweiter Judenchrist. Du verleitest uns zum Abfalle von dem christlichen Glauben?

Alle. Er will uns ins Verderben stürzen.

Moro. Sprengt die Ketten des Glaubenszwanges! Jehova nimmt die Reuigen wieder auf. Schwört auf die Thora!

Alle. Wir bleiben Christen.

Moro. Aus Furcht, nicht aus Ueberzeugung.

Erster Judenchrist. Steinigt ihn! Steinigt ihn!

Alle (wollen ihn ergreifen). Stirb, Elender!

Moro (zieht den Dolch). Leben um Leben!

Ines (tritt zwischen Moro und den Marranos). Begeht keinen Mord! Hütet Euch, daß sein Blut nicht über Euch komme!

Alle. Er hat uns verrathen.

(Man hört von der Stadt her Fanfaren.)

Ines. Die Trompeten erschallen. Die Caballeros rücken an, Euch gefangen zu nehmen. Flüchtet Euch, zerstreut Euch.

Alle. Wehe! Wehe!

Ines. Verbergt Euch in den Häusern. Eilt! Der Herr schütze Euch.

(Sie eilen Alle ab.)

Moro (ergreift die Hand der Ines). Ich danke Dir mein Leben.

Ines. Dein Muth hat Dich gerettet.

Moro (zieht ein Amulet aus der Brust). Nimm dieses Amulet zum Angedenken. Der goldene Reif umschließt

eine Rose von Montserrat, die mein unglückliches Weib
gepflückt.

Ines (nimmt zögernd das Amulet). Zauberkräftig soll
die Rose sein.

Moro. Sie wird zum Talisman, drückst Du sie,
eines theuren, edlen Wesens gedenkend, an die Lippen.

Ines (betrachtet Moro, für sich). Wie seelenvoll ist
sein Blick! Weh' und Lust erfüllt mein Herz, da ich
in sein Auge schaue. (Man hört in der Nähe Lärm. Zu ihm:)
Eile von hier, die Caballeros stürmen an.

Moro (reicht ihr die Hand). Leb' wohl! Ich werde
Deiner oft gedenken. (Er geht ab.)

Ines. Eine Thräne glänzte in seinem Auge!
Welch' Geheimniß birgt seine Brust! (Der Trompetenschall
tönt stärker, man hört laute Rufe. Der Mond bricht aus den
Wolken hervor.) Sie ziehen aus dem Thore der Stadt
heraus. O die armen Marranos! Sie sind verloren,
wenn die Caballeros sie ereilen. Fort! Zu ihnen! Ich
will ihr Los theilen, mit ihnen sterben.

(Sie eilt rasch ab.)

(Padilla und Maria de Pacheco, beide zu Pferde, kommen
aus dem Thore und reiten über die Brücke. Ihnen folgen die
Caballeros und Bürger. Auf der Mitte der Brücke schwingt
gegen Toledo zu Padilla die Fahne. Die Bürger schwingen die
Mützen und rufen: „Hoch Padilla! Hoch Maria de Pacheco!")

(Der Vorhang fällt.)

Zweiter Aufzug.

Tordesillas. Zimmer im Kloster Santa Clara, dürftig ein-
gerichtet. In einer Nische steht der Sarg Philipps des
Schönen. Ein Vorhang, halb zugezogen, verschließt die
Nische.

(Marques von Denia, Andreas treten auf.)

Denia. Die Führer des Juntaheeres erheben die
Einnahme von Tordesillas zu einer glänzenden Waffen-
that; sie verschweigen, daß bestochene Feiglinge ihnen
die Thore erschlossen.

Andreas. Der Cardinalgobernador und der Generalcapitan trugen auch zu wenig Fürsorge für eine
mannhafte Vertheidigung der Stadt, sie sind schuld, daß
die Königin mit ihrer Tochter in die Hände der Auf-
rührer fiel.

Denia. Welchen Eindruck übte die Einnahme
von Tordesillas auf die Königin? Wie denkt sie über
den Einzug des Don Padilla, des Don Laso und der
toledanischen Caballeros?

Andreas. Sie ist weniger in schwermüthigem
Hinbrüten versunken, nimmt lebhaften Antheil an den
jüngsten Ereignissen.

Denia. Scheinbar ist diese Wandlung ihres Gemüthes nicht lange andauernd. Zu Dir, ihrem Beichtvater, hegt sie wohl mehr Vertrauen, mich aber ent-

läßt sie stets mit leidenschaftlichen Ausbrüchen ihres Unmuthes.

Andreas. Ueberreizte Nerven versetzen sie in Unruhe, in Aufregung.

Denia. Eine ungezügelte Phantasie raubt ihr die ruhige Ueberlegung.

Andreas. Doch ist sie edlen Herzens, beklagens= werth. Ich war, als sie nach dem plötzlichen Tode ihres heißgeliebten Gatten Burgos verließ, stets ihr Begleiter; ich sah in ihr weiches Gemüth, was sie litt. Stets gütig war sie gegen mich. Unvergeßlich bleibt mir die Decembernacht, als sie trotz des Widerspruches der Granden und des Clerus die Reise mit der Leiche Philipps antrat. Sie ließ vorher den Sarg öffnen, umfaßte und küßte die sterblichen Ueberreste und nach der Leichenfeier brach sie, gefolgt von vier Bischöfen, vielen Geistlichen und Caballeros, nach Granada auf. Sie reiste nur zur Nacht; eine Witwe, sprach sie, müsse das Licht meiden, nachdem sie die Sonne ihrer Seele verloren. Mißtrauisch bewachte sie den Leichnam, kein Weib durfte dem Sarge nahen. Als man in der Nähe eines Nonnenklosters Halt machte, ließ sie schnell den Leichnam vom Kirchhofe in das freie Feld hinaus= tragen, den Sarg aufschließen, um sich zu überzeugen, ob die Leiche unberührt sei, und verbrachte die stürmische Winternacht, in der die Fackeln erloschen, mit ihrem ganzen Gefolge unter freiem Himmel. Kein Auge blieb trocken, als sie am Sarge kniete, betete und weinte.

Denia. Die Ehe, die sie mit dem Sohne Maxi= milians schloß, war keine glückliche. Philipp der Schöne

sah nicht mit liebeinnigen Blicken in ihre Seele, ver=
höhnte im wüsten Taumel des Genusses die eifersüch=
tige Zärtlichkeit des ihn maßlos liebenden Weibes
und steigerte Juanas Leidenschaft zur Liebesraserei.
Er war ihr böser Dämon und wird es bleiben, so
lange sie sich von dem Sarge, der den todten Gatten
einschließt, nicht trennen kann. Naht sie dem Sarge in
einsamen Stunden, erwacht von Neuem ihre Leiden=
schaft, die ihren Sinn verwirrt. Du hast sie auf den
Besuch der Abgesandten der Junta vorbereitet? Auch
Donna Maria de Pacheco bat um Gehör.

Andreas. Juana will sie empfangen, doch
folgenschwer kann die Audienz für uns, für Spanien
werden.

Denia. Ich konnte dem stürmischen Andrängen
Don Lasos und Don Padillas nicht länger widerstehen.
Man will Juana überreden, nach Segovia zu ziehen,
um sie meiner Obhut zu entziehen. Ich lasse sie nicht
von hier. Ich weiß auch, daß man ihr ein Schrift=
stück unterbreiten will, in dem man sie auffordert, die
Zügel der Herrschaft zu ergreifen. Sie werden Alles
versuchen, ihre Unterschrift zu erlangen. Doch Juana
unterschreibt nicht die Urkunde, die Don Carlos ent=
thront und sie selbst zur Puppe der Junta erniedrigt.

Andreas. Nach dem Erbrecht ist sie die Königin.

Denia. Doch kraft des Testamentes des Königs
Ferdinand des Katholischen wurde sein Enkel Don
Carlos zum Regenten aller spanischen Reiche eingesetzt.
Don Carlos berief auch nach dem Tode Ferdinands
die Cortes und ließ sich von ihnen huldigen.

Andreas. So besitzt jetzt Spanien zwei Herrscher.

Denia. Eine Königin, die sich zu herrschen weigert, einen König, den die Junta als Herrscher nicht aner=
kennen will. So lange Ferdinand lebte, fügte sich Juana seiner Regentschaft für den unmündigen Don Carlos, wie die Königin Jsabella sie angeordnet. Nach seinem Tode begann im Namen des Königs Karl, die unglück=
liche Verwaltung des Herzogs von Chièvres und der Flamänder, die den unzufriedenen Geist der Granden und Städte weckte, den Aufruhr entflammte. Noch unheilvoller aber war der Befehl des Don Carlos, seiner Mutter den Tod ihres Vaters zu verheimlichen. Bis jetzt noch glaubt Juana, daß Ferdinand in Spa=
nien herrscht. Mir steht jetzt die schlimme Stunde be=
vor, in der ich den Schleier, der geheimnißvoll auf der Regentschaft nach dem Ableben Ferdinands ruht, lüften muß, ehe die Abgesandten der Junta vor Juana treten.

Andreas. Es gelang mir immer, Juana von einem unüberlegten Schritt zurückzuhalten, ich fürchte aber, sie wird, wenn sie erfährt, wie man sie hinter=
ging, sich in die Arme der Junta werfen.

Denia. Sie darf nicht die Zügel der Herrschaft ergreifen. Ich will den Ausbruch ihres Zornes über mich ergehen lassen, selbst eine Beleidigung schweigend ertragen und Alles versuchen, um Spanien und den König vor Unheil zu bewahren.

Andreas (sieht durch das Fenster). Die Königin kommt mit Catalina aus der Messe. Der Herr leihe Dir seinen Beistand. (Er geht ab.)

Denia. Ich will erlauschen, wie sie gestimmt ist, dann mit Gott ans Werk.

(Er zieht sich in eine Nische zurück.)

(Juana und Catalina treten auf. Beide sind in grobleinenen Rock mit ledernem Schurz gekleidet.)

Juana (schreitet schnell zum Sarge und wirft ängstlich einen Blick auf ihn, als wollte sie sich überzeugen, daß er noch in der Nische stehe. Zu Catalina). Du warst in der Messe sehr zerstreut, Du blicktest oftmals auf die fremden Granden hin.

Catalina. Ihre Blicke hafteten auf uns; sie lächelten und flüsterten sich zu. Es mögen wohl unsere Kleider ihre Aufmerksamkeit erregt haben.

Juana. Das vermuthest Du. Mir aber dünkt, daß Du in Deiner Hoffart Dich der Tracht schämst. Du willst Dich in Sammet und Seide kleiden.

Catalina. Liebe Mutter, schenke mir zum Geburts= tage ein weißsammtenes Kleid, mit Hermelin verbrämt, wie es die schöne Donna in der Kirche trug.

Juana. Kind! Du bist zu jung, um Dich zu schmücken.

Catalina (weinend). Du schlägst mir stets jeden Wunsch ab.

Juana. Ich soll Deiner Eitelkeit fröhnen? Du mußt entbehren lernen. Prunk und Geschmeide machen stolz und übermüthig. Sieh', ich trage dasselbe Kleid wie Du und bin doch die Königin. Entbiete den Marques von Denia hieher, ich will ihn sprechen.

(Catalina will gehen, als Denia hervortritt.)

Denia. Majestät befehlen?

Juana. Ordne an, daß man in Zukunft die Messe in meiner Kapelle liest. (Zu Catalina). Geh' in Dein Arbeitszimmer.

(Catalina geht schluchzend ab.)

Juana (ernst. aber ruhig). Hier will ich Donna Maria de Pacheco und die Abgesandten der Junta empfangen.

Denia (für sich). Sie ist ruhigen Gemüthes. (Er zieht eine Schrift aus dem Wams; befangen.) Von Brüssel wurde mir dieses Schriftstück übersandt, Eurer Majestät es zu überreichen.

(Er übergibt ihr die Schrift.)

Juana (verweigert die Annahme der Schrift). Sende die Schrift nach Madrid. Mein Vater wird über sie entscheiden; er kennt die Geschäfte besser als ich, ich habe nur für die Seele meines Gemahls zu beten.

Denia. Das Document ist sehr wichtig, geruhen Eure Majestät es durchzusehen und zu unterzeichnen.

Juana. Du kennst meinen Willen! Ich unter= schreibe nichts.

Denia. Doch muß ich Eure Majestät bitten.

Juana. Du dringst in mich, das hast Du nie gewagt.

Denia. Es handelt sich um das Wohl Eurer Majestät, um die Zukunft Spaniens. Der Inhalt der Schrift entschuldigt mich, wenn ich auf meiner Bitte beharre.

Juana. Was enthält die Schrift?

Denia (zögernd). Eure Majestät sollen dem Königs= titel entsagen.

Juana (entrüstet). Wer fordert dies von mir?

Denia. Der König.

Juana. Mein Vater?

Denia. Er nicht — Don Carlos.

Juana (gereizt). Der Prinz!

Denia. Er ist jetzt König von Spanien.

Juana. Noch lebt König Ferdinand, führt die Zügel der Regierung. Der Prinz maßt sich einen Titel an, der ihm noch nicht gebührt, stellt eine Forderung, die nur mein Vater, König Ferdinand, an mich richten kann.

Denia (befangen). König Ferdinand trägt nicht mehr die Krone.

Juana. Er hätte abgedankt! Mein Vater begibt sich nicht freiwillig der Herrscherrechte. Man hat ihm mit Gewalt die Krone entrissen. Wer ist der Kühne, der Mächtige, der ihn vom Throne stieß?

Denia (mit gepreßter Stimme.) Der Tod!

Juana (höchst ergriffen). Mein Vater todt! Mein theurer Vater — todt! Ich war nicht an Deinem Krankenbette, konnte Dir nicht die Augen zudrücken! O mein Vater! Mein Vater! (Verhüllt sich das Angesicht. Nach einer Pause.) Warum hat man mir seine Erkran= kung nicht früher gemeldet? Er starb plötzlich?

(Denia nickt schmerzlich ergriffen.)

Auch Du bist von seinem raschen Tode tief er= griffen? Mein Vater! Mein gütiger Vater!

Denia. Wenn meine Trostworte den Schmerz Eurer Majestät lindern könnten —

Juana (ihn unterbrechend, sehr unruhig). Ich muß fort von hier. Fort! Fort! Zur Leichenfeier! Mach Dich reisefertig, schnell! Du begleitest mich nach Madrid. Fort noch heute Nachts aus Tordesillas!

Denia. Die Leiche des Königs ist in Granada schon beigesetzt.

Juana (äußerst erregt). Wann geschah es?

Denia (sehr befangen). Vier Jahre sind seit dem Ableben König Ferdinands verstrichen.

Juana (erstaunt und höchst erbittert). Vier Jahre hast Du mir seinen Tod verschwiegen! Das vermochtest Du? Wie grausam ist jetzt Dein Bekenntniß! Wer gebot Dir, so herzlos mich zu täuschen?

Denia. In dem Jahre, als König Ferdinand starb, war die Gesundheit Eurer Majestät so erschüttert, daß ich es nicht wagte —

Juana (leidenschaftlich, rasch). Du lügst, Dein Mitleid gebot Dir nicht zu schweigen, man hat Dich beauftragt, mich zu hintergehen. Wer gab Dir den Befehl?

Denia (zu ihren Füßen). Majestät! Ich wagte es allein.

Juana (äußerst leidenschaftlich). Du nicht, der Sohn betrog die Mutter! Er fürchtete, daß sie mich zur Königin ausrufen würden, und setzte sich die Krone auf das Haupt. Seine Herrschbegierde riß ihn gegen Herkommen und Gesetz zu dieser Gewaltthat hin; er bedachte nicht, wie schwer er dadurch das Ansehen der Mutter verletze. Und Du wurdest von ihm hieher gesandt, die rechtmäßige Königin wie eine Gefangene in Tordesillas zu überwachen.

Denia (reicht ihr wieder das Document). Dies Document wird Eurer Majestät eröffnen, daß ich die Wahrheit spreche.

Juana (nimmt hastig die Schrift). Der Sohn scheut sich, mit der Mutter zu sprechen? Er hat kein Herz für sie, für ihre Leiden.

Denia. Die Rebellion zwang Don Carlos, schnell Spanien zu verlassen; die deutschen Fürsten wollten ihren Kaiser in ihrer Mitte sehen.

Juana. Auch die Spanier fordern, daß ihr König in ihrem Lande bleibt.

Denia. O Majestät, prüfen Sie diese Schrift.

Juana (betrachtet die Schrift). Der Prinz hat mir, der Mutter, nichts zu befehlen.

(Sie zerreißt die Schrift und wirft sie auf den Boden.)

(Denia hebt die Bruchstücke auf. Juana winkt ihm ungnädig zu, sich zu entfernen. Denia geht ab.)

Juana (allein, ringt verzweiflungsvoll die Hände). Mein Vater todt!

(Sie läßt sich weinend auf einen Stuhl nieder und verbirgt ihr Gesicht. Nach einer Pause erhebt sie sich rasch; erzürnt.)

Vier Jahre ließ man mich in dem Glauben, daß er lebe, herrsche! Der Sohn konnte mich so herzlos täuschen! Dem Glanz der Krone opferte er die Kindesliebe. Er schloß mich in das Kloster ein, umgab mich mit mitleidlosen Frauen, ließ mich von dem verschlossenen, kalten Marques bewachen! Carlos! Carlos! Gedenkst Du nie, wie Dich die Mutter herzte, in welcher Angst sie schwebte, an Deinem Bette kniete, auf Deine

Athemzüge lauschte, wenn die Fiebergluth Deine Wangen
röthete und Du in schweren Träumen nach mir riefst?
Wie liebte der Knabe auch mich! Bei mir nur fand
er Trost, mir nur vertraute er seine Gedanken, seine
Wünsche. Unselige Stunde, als man Dich von meinem
Herzen riß! Der schlaue, gewandte Herzog von Chièvres,
der Dich erzog, hat mir Deine Liebe geraubt. (Die
Hände ringend.) Ich bin von meinem Sohne verlassen!
Von Allen verlassen! (Sie blickt auf den Sarg hin.) Nur
Du bliebst bei mir! Philipp! Mein Philipp! (In
größter Verzückung vor dem Sarge kniend.) Du liebst mich
allein! Du spielst mit meinen blonden Locken! Sie
glänzen doch schöner als die Locken der jungen Fla=
mänderin? (Mit eifersüchtiger Miene.) Ich schnitt ihr sie
ab, sie wird Keinen mehr mit ihnen an sich fesseln.
Du liebst mich noch? Heißgeliebter!

(Sie streckt die Arme aus, als wollte sie ihn umarmen.)

(Andreas tritt ein.)

(Sie springt auf.) Wer kommt? Die Flamänderin?
Andreas (nähert sich ihr liebevoll). Fasse Dich, be=
herrsche Deinen Schmerz.

Juana (für sich, entzückt). Wie flammte sein Blick!
Wie liebetrunken glühten seine Lippen!

Andreas. Vertrau' auf Gott!

Juana (wie aus einem Traume erwachend, faltet die
Hände). O mein Gott! Er starb so jung, so jung!

Andreas. Donna Maria de Pacheco harrt im
Vorgemach.

Juana (sanft). Geleite sie herein.

(Andreas öffnet die Thür, Maria tritt herein. Sie trägt ein Kleid von weißem Sammet, mit Hermelin verbrämt.)

Andreas (flüstert Juana zu). Unterschreibe nichts.

(Er geht ab.)

Maria (für sich). Wie eine Büßerin ist sie ge= kleidet. (Sie beugt vor Juana ihr Knie.) Laß' mich, erhabene Königin, Dir huldigen.

Juana. Du bist die Gemahlin des tapferen Pa= dilla. Sei mir willkommen! Donna! Wie bist Du be= neidenswerth! Geschmückt mit den Rosen der Jugend, hohen, edlen Geistes, geliebt von einem ritterlichen Manne, umringt von anmuthigen Kindern, entzückt Dich die Pracht des Reichthums, der bunte Wechsel eines heiteren Lebens. O Donna! Wäre ich so glücklich!

Maria. Verscheuche die düsteren Gedanken aus Deiner Seele und auch Du wirst glücklich sein.

Juana. Was könnte mich noch erfreuen? Verlor ich nicht ihn, den ich über Alles liebte? Ich stehe allein, verkannt von Kindern, die mich meiden, umgeben von Menschen, die mich nicht lieben.

Maria. Die Herzen der Castilianer und Ara= gonesen schlagen für Dich. Warum willst Du auf ihren Pulsschlag nicht horchen? Alle Städte, Toledo, Cor= dova, Sevilla voran, schmückten sich, ihre Königin fest= lich zu empfangen. Selbst das düstere Burgos warf den Trauerschleier ab, bekränzte sich mit Blumen, Dir zu huldigen.

Juana (entsetzt für sich). Burgos! Dort hat man Philipp vergiftet!

3*

Maria. Wäre ich die Königin, der Jubel des Volkes sollte mich zu Thaten begeistern; keine Schmerzens=thräne würde mehr in dem Auge des Armen glänzen, der Engel des Friedens das herrliche Land umschweben. Schmücke Dein Haupt mit der Krone, bekleide Dich mit dem Purpur, betritt den Palast, in dem mächtige und tapfere Herrscher Hof hielten, entfalte den Prunk Deiner Ahnen, welcher die Granden mit Stolz erfüllte, beglücke die Getreuen mit einem huldvollen Lächeln, erwecke mit einem freundlichen Worte die Liebe zu Dir, die Liebe zum Vaterlande. Die Granden und Caballeros harren in Ungeduld, Dir zu dienen. Komm' nach Madrid, berufe sie an den Thron. Herrsche, und vergessen wirst Du bald Dein Leid.

Juana. So glücklich, wie Du schilderst, ist nicht das Loos der Herrschenden. Den kleinsten Fleck, der an ihrem Purpur haftet, entdeckt schneller als der Licht=strahl das Argusauge des Volkes. Gunst, die sie dem Volke schenken, weckt den Neid, den Unmuth der Großen; Ungnade, die hochmüthige Würdenträger trifft, ruft die Rache hervor. Sie glauben zu herrschen und werden beherrscht, von der Laune, von der Selbstsucht, von der Habgier der Unzufriedenen. Dem Glanze des Thrones, dem Machtgefühl opfern sie ihr Glück, den Seelenfrieden. Schleudert der Würgengel die Todes=würfel in ihr Reich, kriechen die giftigen Schlangen der Zwietracht über die gesegneten Fluren; drohen Krieg, Pest, Tod und Verderben, dann trifft sie der Undank der Menge, die ihnen früher zugejubelt. Zu schwach sind diese Hände, die nur zum Gebete sich falteten, die Zügel der Herrschaft zu führen.

Maria. Stütze sie auf das Schwert der Granden.

Juana. Schwingen sie jetzt es nicht gegen sich selbst?

Maria. Ein einziges Wort von Dir wird sie vereinigen. (Kniet vor sie hin.) O Königin, besteige den Thron, herrsche! Heile die Wunden, die der Herzog von Chièvres dem Lande schlug.

Juana (für sich). Chièvres ist noch sein Liebling!

Maria. Verbanne den Fremdling, den Nieder= länder, den Cardinal=Gobernador aus Spanien.

Juana (für sich). Sein Lehrer, dem er sein ganzes Vertrauen schenkt, hat auch bei diesen Wirren die Hand im Spiel!

Maria (bittend). Verkündige dem Volke, daß Du das Scepter ergriffen. Unterzeichne dieses Manifest.

(Sie überreicht ihr dasselbe.)

(Juana geht zum Tische, entfaltet die Schrift und liest sie. Maria steht rasch auf, geht zum Fenster, zieht den Handschuh der rechten Hand ab und gibt durch das Fenster ein Zeichen.)

Juana (für sich). Das Manifest ist gegen Carlos!

(Sie sinnt.)

(Man hört Waffengeklirr. Die Thür wird gewaltsam geöffnet. Don Padilla, Don Laso und die Abgesandten der Junta stürmen mit gezogenen Klingen herein.)

Juana (tritt vor). Ihr stürmt mit den Waffen in mein Gemach?

Don Padilla. Marques von Denia wehrte uns den Eintritt. Er hielt Dich gefangen, Du bist jetzt frei. Hoch unsere Königin! Hoch Juana!

Alle (knieen vor sie hin und erheben das Schwert). Hoch Juana! Hoch unsere Königin!

Maria (zu ihr). Unterzeichne das Manifest.

Juana (für sich). Carlos ist jetzt volljährig. (Sie deutet auf das Schriftstück, zu Allen.) Ich unterschreibe nichts. (Mit voller Stimme.) Don Carlos ist Euer König!

(Alle stehen überrascht auf und senken die Klingen.)

Maria. Du gibst uns seinen Günstlingen preis? Dein spanisches Blut wallt nicht auf, wenn Du denkst, daß wieder die Flamänder in Dein Vaterland einziehen werden?

Don Laso. Du willst wieder die Fesseln des Marques von Denia tragen?

Don Padilla. O rette das Land vor der Hab= gier der Fremdlinge.

Maria. Don Carlos ist kein geborener Spanier. Er liebt uns nicht, und ihn auch nicht das Volk.

Juana (entrüstet). So sprechen nur Rebellen!

Maria (erregt). Dein Wort facht heller an die Flammen des Aufstandes, hüte Dich, daß sie nicht Deinen Palast ergreifen. Du stoßest uns zurück, achtest nicht unsere Rechte? Wir Castilianer aber beugen uns, wie einst unter Philipp, nicht mehr vor einem fremden Prinzen. Philipp hat Dich und uns in das Verderben gestürzt.

Juana (in höchster Aufregung). Weich' zurück, Ver= führerin! (Sie eilt zum Sarge in der Nische.) Du willst wie die verwegene Flamänderin mit Deinen süßen Blicken, mit Deinen blonden Locken ihn umstricken. Du sollst ihn mir nicht entreißen! Hinweg! Hinweg von mir! (Sie umschlingt leidenschaftlich den Sarg.) Er ist mein, für immer mein!

Maria (weicht entsetzt zurück). Ist es möglich, sollte ihr Sinn umnachtet sein.

(Man hört in der Ferne dumpfen Kanonendonner. Avalos stürzt herein.)

Avalos. Der Almirante zieht von Castromonte mit seinen Truppen auf Tordesillas.

Don Laso. Dann muß die Königin fort nach Segovia. Sie darf nicht in seine Gewalt kommen.

Don Padilla (nähert sich Juana). Feinde nahen, wollen Dich entführen. Folge uns nach Segovia, dort bist Du in Sicherheit.

Juana. Ich verlasse Philipp nicht!

Don Padilla. Er wird Dich begleiten.

Juana (leise). Still! Er schläft so süß! Still! Still!

Alle (erschüttert). Arme Königin! Arme Juana!

Juana (leise). Ich gehe mit ihm nach Segovia.

(Sie geht in die Nische und zieht den Vorhang zu.)

Don Laso (zu Padilla). Bring' die Königin aus der Stadt. (Zu den Anderen.) Folgt mir auf den Wall.

(Don Laso, Avalos und die Abgesandten der Junta gehen ab.)

Don Padilla (zu Maria). Don Laso allein kann Tordesillas gegen den Feind nicht vertheidigen.

Maria. Der Herrschsüchtige denkt so nicht. Ließ er nicht aus Eifersucht Don Giron mit den Truppen abziehen? Sendet er Dich jetzt nicht mit der Königin fort?

Don Padilla. Wenn Tordesillas in die Hände des Feindes fällt?

Maria. Dann wirst Du es wieder erobern.

(Sie gehen Beide ab.)

Verwandlung.

Winternacht. Der Mond leuchtet trüb. Im Hintergrunde sieht man die Mauern von Cordesillas, vor denselben eine schneebedeckte Ebene.

(Aufgeregte Volksmassen sammeln sich vor dem Stadtthor.)

Einige. Wir sind verrathen.

Andere. Tordesillas ist dem Feinde preisgegeben.

Ein Bürger. Don Giron zog mit seinen Truppen ab.

Ein anderer Bürger. Padillas Krieger sind nicht verläßlich.

Ein Bürger. Padilla trägt die Schuld, daß der Almirante den raschen Anzug wagt.

Einige. Nieder mit Padilla!

Ein anderer Bürger. Don Giron's Ehrgeiz stürzt uns ins Verderben.

Ein Bürger. Padilla forderte den Almirante durch seine Gewaltthaten heraus. Hat er nicht die Mitglieder des königlichen Rathes gefangen genommen?

Ein anderer Bürger. Auf Befehl der Junta.

Einige. Er soll sie wieder freigeben.

Ein Bürger. Bemächtigte er sich nicht des königlichen Siegels?

Einige. Er muß es zurückgeben.

(Tumult in der Stadt.)

Ein Bürger. Die Schlacht beginnt. Rettet Euch und Eure Habe.

(Sie eilen Alle von der Stadt hinweg.)

(Es öffnet sich das Thor von Cordesillas. Don Padilla und Maria treten heraus. Ihnen folgen Soldaten; bald darauf erscheint Juana mit Catalina. Der Sarg Philipps wird von Fackelträgern begleitet.)

Don Padilla (zu Maria). Du eilst nach Valladolid; ich bringe die Königin nach Segovia.

Maria (sieht zurück). Juana hält an. Sie winkt den Trägern.

(Juana läßt den Sarg auf die Erde stellen. Sie schließt den Sarg auf, betrachtet die Leiche und kniet nieder. Alle Anwesenden entblößen das Haupt.)

Juana. Mein Philipp! (Sie küßt die Leiche und ringt weinend die Hände.) O mein Philipp!

(Alle stehen gerührt um den Sarg.)

(Stärkerer Tumult in der Stadt. Gewehrschüsse; Kampfgeschrei.)

Don Padilla (tritt zu Juana). Man erstürmt die Stadt. Ermanne Dich, komm' mit uns.

(Juana bleibt regungslos knieen.)

Ein Bürger (kommt mit Fliehenden). Eilt! Rettet Euch! Don Laso ist geschlagen, flieht mit seinen Kriegern.

(Sie eilen fort.)

Maria (freudig für sich). Don Laso ist gestürzt, Don Giron, der den Verlust von Cordesillas mitver= schuldet, fällt mit ihm.

(Man hört Trompetengeschmetter.)

Don Padilla (zu den Soldaten). Besetzt die Brücke über den Duero.

(Die Soldaten gehen ab.)

Maria (zu Padilla). Wir eilen Beide nach Valladolid, dort steht das Heer der Junta.

Don Padilla (auf Juana weisend). Nicht mit der Königin?

Maria. Sie kann nicht herrschen. Die Hoffnung, die wir für unsere Freiheiten auf sie setzten, ist für uns verloren. (Padilla senkt entmuthigt das Haupt. Stolz zu ihm.) Doch noch nicht der Sieg für Dich!

(Beide eilen ab.)

(Juana erhebt sich, schließt den Sarg und winkt den Trägern. Als die Träger den Sarg erheben, stürzen die königlichen Truppen herbei.)

Don Fabrique Enriquez (kommt mit seinen Offizieren; er senkt vor Juana den Degen). Heil Dir, meiner Königin! Du bist von den Rebellen befreit.

(Juana blickt ihn schweigend an.)

Ich geleite Dich in die Stadt zurück.

(Die Träger schreiten mit dem Sarge voran. Juana folgt apathisch mit Catalina. Der Zug setzt sich gegen das Thor der Stadt in Bewegung.)

Der Vorhang fällt.

———

Dritter Aufzug.

Prado in der Nähe von Valladolid. Ein Klostergarten. Im Hintergrunde blickt durch Cypressen die Kirche hervor.

(Zwei Mönche arbeiten im Klostergarten. Der junge Mönch gräbt in einem Pflanzenbeet, der alte Mönch bindet eine Rebe an die Mauer.)

Der junge Mönch (hält inne). Wie würzig streicht die laue Frühlingsluft über die Blumenbeete hin! Kein Wölkchen zieht am blauen Himmel; der Jubelsang der Vögel übertönt das sanfte Rauschen der Cypressen. Alles sproßt, duftet, athmet, liebt im süßen Frieden.

Der alte Mönch. Glücklicher! Der Sonnenstrahl erheitert Dein Gemüth, läßt Dich vergessen, wie die Menschen mit ihrem Blute die Ackerfurchen düngen, Dörfer in Schutt und Asche sinken, die Mordlust, die Habgier die Herzen der Kämpfenden erfüllen. Bald wird man auch Dich zwingen, die Schaufel mit dem Schwert zu vertauschen.

Der junge Mönch. Bricht der Graf von Salvatierra, der Blutsverwandte und Bundesgenosse des Bischofs von Zamora, auch schon in unser Thal ein?

Der alte Mönch. Er wird unser Kloster heimsuchen, uns alle werthvolle Habe abnehmen und uns zwingen, mit ihm in den Kampf zu ziehen.

Der junge Mönch. Er wirbt für den kriegeri=
schen Bischof Antonio de Acuña die Mönche an, über=
fällt die Caballeros in ihren Burgen, belagert sie,
zündet ihnen die Thürme an, schleppt ihre Frauen,
ihre Kinder als Geisel fort. Ich bin ein Mann des
Friedens, der bisher nur Segen spendete; wagt aber
der edle Graf auch unser Kloster auszuplündern, so will
ich mit diesen schwachen Armen das heilige Kreuz vor
dem frechen schützen.

Der alte Mönch. Das versuche nicht, gedenk'
der Gewaltthaten des rachesüchtigen Bischofs von
Zamora.

Der junge Mönch. Papst Leo hat ihn jetzt
seiner Würde entsetzt und nach Rom berufen. Bald
werden auch die bewaffneten Mönche sein Lager ver=
lassen.

(Man hört die Glocke des Klosters erschallen. Der Prior kommt
mit den Mönchen. Sie tragen Wachslichter in den Händen.)

Der Prior (zu Beiden). Zündet Eure Wachslichter
an, der Graf von Salvatierra ist im Anzuge.

Alle. Wehe! Wehe uns!

Der junge Mönch. Du willst ihn feierlich in
die Kirche führen?

Der Prior. So ziemt es, den Freund des Bischofs
zu empfangen.

Der junge Mönch. Er kommt nicht, um zu
beten. Sein Auge senkt sich nicht demüthig vor dem
Kreuze, sein habgieriger Blick sucht die Schätze, die wir
Gott geweiht. Blast die Wachslichter aus, rüstet Euch
zur Gegenwehr!

Alle. Wir liefern unſer Gold nicht aus.

Der Prior. Gegen ſeine kriegskundigen Begleiter wollt Ihr kämpfen?

Der junge Mönch. Die meineidigen Mönche haben nur den Muth der Plünderer. Wir aber gehen für Gott in den Kampf.

Der Prior. Wir haben keine Waffen.

Der junge Mönch. Mit Schaufeln, Spaten, Dreſchflegeln, Beilen greifen wir ſie an.

(Eine Röthe überzieht plötzlich den Himmel.)

Der alte Mönch. Prado brennt!

Alle. Das Kloſter ſteht in Flammen.

(Sie wollen forteilen.)

Der Prior (hält ſie zurück). Der Rauch ſteigt von der Waldeshöhe auf.

Der junge Mönch. Die Brandfackel iſt die Leuchte, mit welcher der Graf von Salvatierra die Reichen aufſucht. Folgt mir, bewaffnet Euch.

Der Prior. Bleibt. Kniet nieder, fleht Gott um Schutz an.

(Sie knieen Alle zur Andacht nieder. Antonio de Salvatierra tritt mit Alfonſo und mit einigen bewaffneten Mönchen auf. Der Prior ſteht auf und verneigt ſich mit Allen vor Salvatierra.)

Salvatierra. Ihr ſeid über den Brand entſetzt? Das alte Raubneſt ſteht in Flammen. Dankt mir, ich habe Euch von dem Zwingherrn befreit. Der Graf war unritterlich und geizig, er wollte nicht das Thor aufſchließen, das Schloß mit Fackeln nicht erhellen, als ich meinen Beſuch anmeldete; ſo ließ ich die Thore

öffnen und das Schloß beleuchten. (Zu einem Begleiter.)
Leg' die reiche Beute auf die Saumthiere.

(Die bewaffneten Mönche gehen ab.)

Der Prior. Willst Du in die Kirche treten? Wir
singen jetzt die Messe.

Salvaticrra. Die Burgen in Eurem Thale liegen
auf steilen Anhöhen, ich bin ermüdet.

Der Prior. Doch einen Labetrunk wirst Du nicht
verschmähen.

Salvaticrra. Wir haben uns mit dem Wein
des Grafen schon gestärkt. Ihr seid arm, ich fordere
nichts von Euch. (Er tritt auf die jungen Mönche zu.)
Spanien braucht jetzt Männer. Ihr seid jung und
kräftig, kommt mit mir, ich will Euch Waffen geben.

(Alle schweigen.)

Ihr weigert Euch? Wollt mir nicht folgen?
Ihr liebt nicht Euer Vaterland? Wollt es nicht ver=
theidigen?

Der junge Mönch. Wir streiten nur für unseren
Glauben.

Salvaticrra. Auch ich verfolge die Ketzer. Der
Feind, der jetzt in unser Land einzubrechen droht, ist
mit frommen Predigten nicht zu bekämpfen. Franz,
König von Frankreich, steht an der Grenze von Navarra.
Wollt Ihr die Geisel des langen Grafen von Angoulême
küssen? Wollt Ihr Euch von dem maßlos ehrgeizigen
und raubsüchtigen Eidbrecher mit Füßen treten lassen,
von dem Abenteurer, der in den Abteien seine Hunde
füttern läßt, den Kirchen alles Gold und Silber nimmt,

mit den deutschen Ketzern liebäugelt und mit den Türken Bündnisse gegen die Christen schließt? Auf zu den Waffen! Folgt mir!

(Sie stehen Alle regungslos.)

Alfonso (zu Salvatierra). Gib Ihnen nicht selbst Waffen in die Hand, sie könnten sie gegen uns kehren; ihr Trotz verräth, wie schlimm sie von uns denken. Auch sind sie gegen uns in der Mehrzahl, und unsere Streiter, die aus dem Thale zogen, können uns jetzt nicht zu Hilfe kommen.

Salvatierra (verächtlich zu den Mönchen). Ihr blickt entsetzt auf unsere Lanzen, Schwerter! Bleibt daheim, pflanzt Euren Kohl und betet, daß Euch der französische Türke nicht erwürgt.

Der Prior. Wir beten für den Sieg Deiner Waffen.

(Sie gehen Alle ab.)

Salvatierra (ruft ihnen erbost nach). Bettelmönche haben keinen Muth. (Zu Alfonso.) Was hast Du ausgeforscht?

Alfonso. Don Laso ist von der Junta abgefallen.

Salvatierra. Er hält den Kampf für erfolglos? Ist er durch die Niederlage vor Cordesillas in seinem Ehrgeiz verletzt? Er war der Einzige, der für die Freiheit Castiliens und nicht für die Herrschaft der Granden focht. Wie ist die Stimmung der Bürger in den Städten?

Alfonso. Burgos zieht sich von der Junta zurück.

Salvatierra. Dann geht der Junta der Stützpunkt im Norden verloren.

Alfonſo. Auch Biscaya, Alava, Galizien, An=
daluſien, Granada, Cordova und Sevilla ſagen der
Junta den Gehorſam auf.

Salvatierra. Don Giron, der ſtolze Abkömmling
des Prinzen de la Cerda, den man einſt vom Throne
Caſtiliens widerrechtlich ausſchloß, wird in Valladolid
nicht lange mehr von dem Herzogthum Medina Si=
donia träumen.

Alfonſo. Die Handwerker, die ſich jetzt in den
Stadtrath eingedrängt, klagen ihn des Verrathes an;
er trüge die Schuld, daß Tordeſillas, das er mit ſeinen
Truppen verließ, in die Hände des Feindes fiel.

Salvatierra. Von dem Sieger von Villalpando
fallen ab die Bürger, wie die Bauern von dem ge=
ächteten Grafen. Die beuteluſtigen Senſenmänner
kämpfen nicht mehr für meine Sache, nur aus Hab=
ſucht. Ich will nicht warten, bis ſie die Art ſchwingen,
um den Baum zu fällen, der ihnen keine Früchte mehr
in den Schooß wirft. Die Caballeros zogen aus Toledo.
Ihr Gold, ihre Perlen, Edelſteine ſoll mir Niemand
entreißen. Ich ziehe nach Toledo.

Alfonſo. In Toledo herrſcht Donna Maria de
Pacheco.

Salvatierra. Die ſtolze Gemahlin des ſchwachen
Padilla. Ich will ihr die Zügel der Herrſchaft ent=
winden, die unzufriedenen Hidalgos und Handwerker
unter die Fahne des Don Carlos rufen.

Alfonſo. Du ſchwingſt jetzt das Banner des
Königs?

Salvatierra. Juana will nicht — kann nicht herrschen.

Alfonso. Du bist von Don Carlos geächtet. Du hättest das geheime Schreiben des Cardinalgobernadors an den Kaiser, das Du auffingst, dem Bischof von Zamora nicht übergeben sollen, der es in seinem Hochmuth überall vorlesen ließ.

Salvatierra. Das Schreiben war ein köstlicher Fang. Wie staunten die Bürger von Valladolid, als sie erfuhren, wie der Cardinal dem Kaiser die Vernachlässigung der wichtigsten Geschäfte vorwarf und erklärte, der Aufstand werde nur aufhören, wenn man fühle, daß König Carlos selbst herrsche und Spanien nicht den Wölfen preisgebe. Wie er schrieb, daß Juana, seine Mutter, klüger sei als er, da sie nichts unterschreiben, noch gewähren wolle; wie unzuverlässig die Versprechungen des Königs seien und der unfähige Graf Haro allein die Schuld trage, daß man den Aufstand nicht mit einem Schlage unterdrückte.

Alfonso. Du hast die Majestät schwer beleidigt.

Salvatierra (zuversichtlich). Dem reuigen Eroberer von Castilien wird Don Carlos die Hand zur Versöhnung reichen. Auf! Nach Toledo!

(Bewaffnete Mönche treten auf.)

Salvatierra. Was meldet Ihr?

Erster Mönch. Die Bauern überfielen uns und trieben das Maulthier mit Deiner Beute in ihr Dorf.

Salvatierra (erzürnt). Feiglinge! Ihr wolltet mein sauer erworbenes Gut nicht vertheidigen.

Zweiter Mönch. Wir folgen Dir nicht mehr auf den Raubzügen.

Salvatierra. Wohin wollt ihr?

Erster Mönch. Wir kehren in unsere Klöster heim.

Salvatierra. Mit leeren Säcken? Man wird Euch die Thore verschließen.

Zweiter Mönch. Du steckst nicht eine Dublone in unsere Tasche.

Salvatierra. Eilt, jagt den Bauern wieder die Schätze ab. Ich will Euch dafür königlich belohnen.

Erster Mönch. Eitles Versprechen! Wir setzen für das Bettelgeld nicht mehr unser Leben ein. Da sind Deine Waffen, wirb andere Kampfgenossen an.

(Alle Mönche werfen ihm die Waffen hin.)

Salvatierra. Ihr schämt Euch nicht, wie die Bauern mir den Rücken zu kehren? Wißt Ihr nicht, daß Ihr für höhere Zwecke kämpft?

Zweiter Mönch. Von Rom kam der Befehl, Dich und den Bischof von Zamora zu verlassen.

Salvatierra. Verkriecht Euch in die Zellen! Der Herr von Toledo aber wird bald die Bienenstöcke mit den Drohnen ausheben. (Die Mönche gehen ab.) (Zu Alfonso.) Schwer ist der Verlust, den ich durch die Feigheit der Abtrünnigen erlitt; die großen Schätze in Toledo können ihn mir allein ersetzen.

(Sie gehen ab.)

Verwandlung.

Valladolid. Marktplatz. Im Hintergrunde das Rathhaus.

(Handwerker treten auf.)

Der Schwertfeger. Man täuscht uns mit falschen Kriegsnachrichten.

Der Tuchmacher. Don Giron nützt den Sieg bei Villalpando nicht aus, um dem Almirante Zeit zu gönnen, die Streitkräfte zusammenzuziehen und Valladolid zu besetzen.

Der Schwertfeger. So haben sie es verabredet. Die Granden wollen nicht mehr für die Städte kämpfen.

(Andere Handwerker kommen mit Pablo.)

Pablo. Macht Euch zu Herren von Valladolid.

Der Tuchmacher. Erheben wir Don Padilla zum Generalcapitan.

Einige. Ja! Don Padilla.

Pablo. Wählt ihn nicht. Alle Granden sind Ver= räther. Sie kümmert nicht unser Loos, sie führen nur die Waffen für ihren Besitz. Haben sie sich nicht seit dem Tode der Königin Isabella auf Kosten der Städte und der Krone bereichert? Auf der ganzen weiten Strecke von Valladolid bis San Jago hat die Krone nur mehr drei Ortschaften. Verjagt sie aus den Städten, nehmt ihnen die Aemter und Würden ab und gebt der Krone zurück, was ihr entfremdet wurde. Wählt einen Führer aus Eurer Mitte.

Alle. Pablo soll unser Führer sein!

Pablo. Wählt Christobal (auf den Schwertfeger weisend), er ist der rechte Mann.

Einige. Hoch Christobal!

Andere. Wir wollen Pablo zum Führer!

Der Tuchmacher (zu Pablo). Weig're Dich nicht, führ' uns. Du bist der berühmteste Stierfechter in

4*

Castilien, kaltblütig und rasch wie der Blitz. Du spielst mit dem wüthendsten Thier wie die Katze mit der Maus. Du weißt, wie man den Stier bei den Hörnern packt, Du wirst auch die Schwächen des Feindes erspähen und den listigsten Gegner bewältigen.

Pablo (abwehrend). Einigt Euch, ehe die Bürger Euch zuvorkommen und sich zu Herren der Stadt auf= werfen.

Der Schwertfeger. Die Pfeffersäcke, die Oel= händler, die Geldprotzen sollen uns nicht unterm Fuß haben. Hoch, Pablo!

Alle. Hoch Pablo!
(Sie erheben Pablo auf ihre Schultern.)

Pablo. Hoch die Handwerker!

Der Tuchmacher. Fort mit ihm zum Rathhaus, dort soll er uns den Eid schwören.

(Sie wollen mit Pablo in das Rathhaus eindringen, als aus dem= selben ihnen die Bürger entgegentreten.)

Ein Bürger (zu einem Bürger). Die Handwerker müssen hinaus aus dem Stadtrath.

Zweiter Bürger (sieht die Handwerker. Pablo springt auf den Boden). Was wollt Jhr? Die Sitzung ist ge= schlossen.

Der Schwertfeger. Was Jhr berathen, ist null und nichtig.

Ein Bürger. Jch kenne Dich, Du bist Christobal, der Schwertfeger, ein Stänkerer. Geh' uns mit Deinen Genossen aus dem Wege.

Alle Handwerker. Uebergebt die Schlüssel des Rathhauses.

Ein Bürger. Dort tagen nur Bürger.

Pablo. Ihr habt nichts mehr zu befehlen. Ihr seid abgesetzt. Gebt die Schlüssel ab.

Alle Bürger (ziehen die Waffen). Nehmt sie uns.

Pablo (reißt schnell seine Schärpe von der Schulter und hißt sie auf seinen Degen auf. Zu den Handwerkern:) Holla! (Er hält den Degen mit der Schärpe den Bürgern entgegen.) Packt den Stier an den Hörnern.

(Die Handwerker stürmen schreiend: „Holla!" auf die Bürger an. Gefecht mit den Bürgern.)

(Don Giron tritt auf.)

Don Giron. Ich gebiete Euch Frieden.

(Sie treten auseinander.)

Don Giron. Worüber streitet Ihr?

Ein Bürger (auf die Handwerker zeigend). Sie wollen uns aus dem Stadtrathe drängen.

Alle Handwerker. Wir sind die Herren der Stadt.

Don Giron. Den Bürgern gebührt der Vortritt im Stadtrathe.

Pablo. Das Bürgerrecht verleihen wir, nicht die Granden.

Don Giron (zu ihm). Fort mit der Fahne!

Alle Handwerker (zu Pablo). Halte sie hoch!

Pablo (schwingt die Fahne. Zu den Bürgern:) Nehmt die Mützen ab vor unserer Fahne. Macht Platz!

Alle Bürger (erbost dringen auf Pablo ein). Nieder mit Dir in den Staub.

Don Giron (tritt mit dem Degen zwischen beide Parteien). Wer einen Angriff wagt, den stoße ich nieder.

Alle Handwerker. Du bist ein Verräther!

Pablo. Leg' den Oberbefehl nieder.

Die Bürger (zu Giron). Laß uns sie züchtigen.

Die Handwerker (zu den Bürgern). Ihr laßt Euch von dem Hinterlistigen täuschen?

Don Giron. Ihr erfrecht Euch, mich zu be= schimpfen?

Pablo (zu Giron). Unterhandelst Du nicht mit dem Almirante? Willst Du nicht unsere Stadt dem Feinde übergeben?

Don Giron. Meuterern steh' ich nicht Rede.

Der Schwertfeger. Du verachtest unser Hand= werk?

Der Tuchmacher. Doch nicht unsere Arme. Jetzt führen wir das Wort.

Don Giron (zum Schwertfeger). Deine Klingen werden überall gerühmt; (zum Tuchmacher) Du bist Meister mit der Scheere, (zu Anderen) Du mit dem Hammer, Du mit dem Meißel, Du mit der Nadel; doch alle Eure That= kraft reicht nicht aus, das Regiment in Valladolid zu führen, noch weniger Castilien zu beherrschen. Geht nach Hause, arbeitet und achtet die Gesetze.

Einige Handwerker. Er verhöhnt uns.

Andere Handwerker. Gib Deinen Degen ab.

Einige Handwerker. Führt ihn als Gefangenen in das Rathhaus.

Ein Bürger (die Waffe schwingend, zu den Bürgern). Greift an die Unverschämten!

Alle Handwerker. Ihr seid von den Granden bestochen. Weicht zurück!

Don Giron (stellt sich an die Seite der Bürger). Jagt sie fort!

(Tumult und Gefecht.)

(Don Padilla tritt mit seinen Anhängern auf.)

Don Padilla. Wer bricht den Burgfrieden?

Don Giron (zu Padilla). Padilla! Rette mich!

Don Padilla (zu den Seinigen). Don Giron in Gefahr! (Er zieht den Degen). Befreit ihn!

(Die Anhänger Don Padillas vereinigen sich mit den Bürgern und verfolgen die weichenden Handwerker. Don Giron und Don Padilla bleiben zurück.)

Don Giron (reicht Don Padilla die Hand). Du fochtest ritterlich für mich. Deine Klinge hat mich vor schmachvollen Banden bewahrt. O wärest Du früher, als ich nach Villalpando zog, mit Deinen Toledanern zu mir gestoßen. Die königlichen Truppen wären auf der Flucht und wir die Herrscher Castiliens. Jetzt strecken wir die Waffen.

Don Padilla. Steht nicht das Heer der Junta, durch meine Toledaner verstärkt, schlagfertig bei Valladolid?

Don Giron. Es ist nur mehr ein Rumpf der Junta vorhanden. Viele Städte fielen von ihr ab. Der Zwiespalt der Handwerker und Bürger lähmt jetzt unsere Kraft. Rückt unser Heer ins Feld, wüthet der Parteienkampf in den Straßen Valladolids.

Don Padilla. Man muß die Handwerker niederwerfen.

Don Giron. Nicht hier allein, fast in allen Städten stehen die Handwerker an der Spitze des Aufstandes;

Räuber, Spitzbuben drängten sich in die Reihen der Stadtwachen, bedrohen das Eigenthum der Bürger.

Don Padilla. Wagst Du keinen Angriff, wird das Heer des Königs durch frische Truppen verstärkt heranrücken und uns unter den Mauern von Valladolid eine Schlacht anbieten.

Don Giron. Ich stehe mit dem Almirante in Friedensunterhandlung.

Don Padilla. Du willst ohne Schwertstreich die Thore Valladolids dem Feinde öffnen?

Don Giron. Wir können unsere Freiheiten nur retten, wenn wir uns dem Don Carlos unterwerfen.

Don Padilla (mit Hohn). Der Herzog von Medina Sidonia bittet um Gnade?

Don Giron. Der Großmeister von San Jago, Don Juan de Padilla, wird auch nicht lange zögern, dem Don Carlos seinen Degen zu Füßen zu legen.

Don Padilla. Leg' den Oberbefehl nieder, ich wage den Kampf.

Don Giron. O folge meinem Rathe, strecke die Waffen. Auch in Toledo wiegeln die Sendlinge des Bischofs von Zamora das Volk gegen die Caballeros auf. Eilst Du nicht mit Deinen Anhängern nach Toledo, so wird man Dein Haus niederreißen, Dich verbannen.

Don Padilla (für sich). Gott! Meine Kinder!

Don Giron. Der Graf von Salvatierra hinter= ging uns. Er verfolgt uns und die Caballeros; seine räuberische Hand greift jetzt nach unseren Schätzen. Kehr' nach Toledo zurück; verschließ' den bewaffneten Mönchen des Bischofs von Zamora die Thore deiner Vaterstadt.

Don Padilla (wehmüthig). Die Freiheit Castiliens ist dahin!

Don Giron. Gefährdet durch die Franzosen, die an der Grenze unseres Reiches stehen. Sie drohen, in Navarra einzufallen.

Don Padilla. Der Reichsfeind benützt die Wirren in unserem Lande, will uns bekriegen, die herrlichen Fluren verheeren, erobern?

Don Giron. Don Carlos wird um so williger den Frieden mit uns schließen. Gib mir das Ver= sprechen, daß Du die Waffen niederlegst, und Don Carlos wird Dich begnadigen. Gedenk Deiner Kinder, Deines schwer heimgesuchten Vaterlandes. Verlaß Valladolid.

Don Padilla (mit sich kämpfend). König Franz von Frankreich soll keinen Zoll breit von Spanien erobern. Ich ziehe nach Toledo.

Don Giron (reicht ihm die Hand). Am Hofe des Königs begrüße ich Dich wieder.

(Don Padilla geht ab.)

Don Giron (allein). Maria de Pacheco! Eitles, herrschsüchtiges Weib! Du hieltst ihn früher in Torde= sillas zurück; der Sieg bei Villalpando vernichtete Deine feindlichen Anschläge. Schwacher Padilla! Das Groß= meisterthum von San Jago wird nicht der Lohn für Deine Unterwerfung sein. — Fort aus Valladolid! Handwerkern und plünderungssüchtigen Abenteurern reicht ein Grande von Castilien nicht die Hand. Ich ziehe noch heute mit dreihundert Lanzen nach Penafiel und übergebe sie dem Kaiser.

(Er will gehen, als Ines auftritt.)

(für sich.) Jnes! Sie kommt zu mir?

Ines (für sich). Don Giron! Ich wag' es!

Don Giron (zu ihr). Woher kommst Du?

Ines. Aus Toledo. Ich brachte Maria de Pacheco Nachricht von ihren Kindern, von ihrem Vater und gehe wieder heim. Vergib, wenn ich Dir jetzt entgegentrete. Ich kann von Valladolid nicht scheiden, mich drängt es, in das Auge des edlen Siegers von Villalpando zu schauen. O laß die Hand an meine Lippen drücken, die für unsere Freiheit das Schwert gezogen.

(Sie ergreift seine Hand; er entzieht sie ihr rasch.)

Don Giron. Laß', holde Schwärmerin! Der Sieg bringt Dir und den Marranos nicht die Freiheit.

Ines. Ihre Leiden rühren nicht Dein Herz? O erbarme Dich der Unglücklichen; man verfolgt, höhnt, quält sie jetzt noch mehr als früher. Du hast die Macht, sie zu schützen. Trockne ihre Thränen, lindere ihr Elend.

Don Giron. Sie selbst haben den Haß auf ihr Haupt heraufbeschworen. Der Dünkel, der ihrem Stamme eigen, lebt noch fort in dem Trotz, mit dem sie den Hütern des christlichen Glaubens entgegentreten. Prunken sie nicht eitlen Sinnes mit ihren Schätzen, die sie gerettet? Weckt ihre Prahlsucht nicht den Neid?

Ines. Der Sonnenstrahl des Glückes soll nie ihr Gemüth erheitern? Sie sollen Elend, Noth in Demuth ertragen, das Gold, das sie durch Fleiß und Entbehrungen gesammelt, ausliefern, sich beglückt nur fühlen, daß man sie duldet? — Sie sind wahre Christen! Du hörst nicht ihr Gebet, Du kennst nicht ihre Werke der christlichen

Liebe. O schmähe, verdamme sie nicht. Du darfst es nicht als Christ.

Don Giron. Kühn ist Deine Rede.

Ines. Ungerecht Dein Urtheil.

Don Giron. Auch Du bist von jüdischer Abkunft.

Ines (stolz). Ist dies ein Brandmal, daß Du mich in den Staub treten darfst?

Don Giron. Heuchelst Du nicht den christlichen Glauben? Du glaubst nicht an Christus!

Ines. Du verläugnest ihn! — Nicht Menschenliebe, die er gelehrt, Vorurtheil und Haß verrathen Deine Worte.

Don Giron. So denkt Maria de Pacheco von mir. Du aber erfrechst Dich, ihre Gedanken mir zu enthüllen.

Ines. Das Mitleid gab mir Muth, Dir zu nahen, (innig) Dich um Schutz für die Unglücklichen zu bitten.

Don Giron. Aus Mitleid? — Kein Funke von dem Scheiterhaufen, auf dem Deine Mutter verbrannte, hätte die Rache in Dir entflammt?

Ines (entsetzt). Man hat meine Mutter verbrannt!?

Don Giron (kalt). Als Ketzerin.

Ines (flehend). O sag', daß Du dies ersannst, um mich, weil ich Dich zu bitten wagte, zu strafen. O sag', o sei barmherzig, sag', meine Mutter starb nicht auf dem Scheiterhaufen.

Don Giron (kalt). Sie erlitt den Feuertod.

Ines. Und mein Vater! (flehend.) Was war sein Loos?

Don Giron. Frag' Pacheco, die Dich als Waise erzog.

Jnez (stürzt ihm schluchzend zu Füßen). Mein Vater, auch er starb auf dem flammenden Holzstoß?

Don Giron. Berühr' nicht mein Kleid. Fort von mir! (Er stößt sie hinweg und eilt ab.)

Jnez (allein). Verächtlich stieß er mich hinweg! (Mit Hohn.) Ein Grande! — Er haßt in der Christin noch die Jüdin! Auch sie, die stolze Pacheco, verachtet mich! — Sie konnte mir den Tod meiner Mutter ver= schweigen? Drückt sie eine Schuld? — O Gott! Schwebt auch ein blutiges Geheimniß über meinem Vater? — Ich verlasse nicht Valladolid, bis ich Alles, und wäre es noch so schrecklich, erfahren. Hin zu ihr; Maria de Pacheco soll, muß mir Alles gestehen.

(Sie eilt ab.)

Verwandlung.

Prunkgemach im Palaste der Maria de Pacheco.

(Maria tritt ein.)

Maria. Ich und Don Padilla geächtet! Don Laso, Don Giron begnadigt! — Beide sind Verräther! Don Laso aus verletztem Kriegerstolz, — Don Giron aus maßlosem Ehrgeiz; der Herzog von Medina Sidonia sucht den Hof des Don Carlos auf; im Hochmuth weist er die Hand der Granden und Caballeros zurück, ihn entzückt nur der Glanz der Majestät. Geht nach Brüssel, huldigt dem römischen Kaiser, kämpft gegen die Casti= lianer. Juan Padilla legt nicht die Waffen nieder; er wird Spanien von den Verräthern befreien!

(Der Abgesandte Frankreichs tritt ein.)

(Zu ihm.) Die Truppen Königs Franz sind zum Abmarsch bereit?

Der Abgesandte. Achthundert Lanzen stehen schon an der Grenze von Navarra.

Maria. Du hast auch Deinem König berichtet, was wir verabredeten? Am 26. April bricht Padilla mit dem Juntaheere von Valladolid auf und schreitet zum Angriff. Ihr fällt in Navarra ein, dringt in Eil= märschen vor und sucht dem Generalcapitan der königs= lichen Truppen in den Rücken zu kommen.

Der Abgesandte. Der König billigt diesen Kriegsplan.

Maria. Der Vertrag ist in Deinen Händen. Sieh' zu, daß Du keinen Verdacht erweckst. Eile.

Der Abgesandte (küßt ihre Hand). Der Edelstein= händler von Toulouse hat keinen Argwohn noch erregt. Der Vertrag gelangt sicher in die Hände des Königs von Frankreich. (Er geht ab.)

Maria (mit siegreicher Miene). Juan Padilla über= nimmt jetzt den Oberbefehl über die spanischen und französischen Kriegerschaaren.

(Don Padilla tritt gedrückt ein.)

Don Padilla. Der Kampf ist zu Ende. Wir kehren nach Toledo zurück. Zwietracht, Empörung er= füllen die Straßen Valladolids mit Waffenlärm.

Maria. Ein neuer Sieg wird die feindlichen Parteien schnell versöhnen.

Don Padilla. Die Meuterer erheben auch im Heere kühn ihr Haupt.

Maria. Einem entschlossenen Feldherrn werden sie gehorchen.

Don Padilla. Don Giron legte den Oberbefehl nieder.

Maria. Das entmuthigt Dich? Der gefährlichste Nebenbuhler weicht vor Dir zurück; Du bist jetzt der einzige Führer des Juntaheeres.

Don Padilla. Das Heer wird aufgelöst.

Maria (erstaunt). Von Don Giron?

Don Padilla. Er begab sich in das königliche Lager, um Frieden zu schließen.

Maria. Die Junta hat ihn dazu nicht ermächtigt. Der Treulose sann lange auf Verrath. Er hat schon den Frieden abgeschlossen. Du mußt zum Heere abgehen, den Oberbefehl übernehmen. Der Vertrag, den er mit dem königlichen Generalcapitan einging, ist für Dich nicht bindend.

Don Padilla. Ich gab Don Giron mein Versprechen, —

Maria (rasch). Ihm in das königliche Lager zu folgen? Du sollst auch vor die meineidigen Granden treten, doch mit dem Heere.

Don Padilla. Ich breche nicht mein Wort, ich lege die Waffen nieder.

Maria. Don Giron hat auch Dich hintergangen, Du bist geächtet.

Don Padilla. Von Don Carlos; daran hat Don Giron keinen Antheil.

Maria. Er ist begnadigt.

Don Padilla. Begnadigt! — (Wehmüthig für sich.) Ich zog für den Falschen die Klinge.

Maria. Zaud're nicht mehr, stelle Dich an die Spitze des Juntaheeres.

Don Padilla. Wer vertheidigt Valladolid gegen die aufgewiegelten Arbeiter und Handwerker? Ich kann jetzt eine Schlacht nicht wagen.

Maria. Dir winkt der Sieg. Ein Bundesgenosse steht Dir zur Seite.

Don Padilla. Eilt Antonio de Acuña mit seinen bewaffneten Mönchen uns zu Hilfe?

Maria. Ein Mächtigerer! Ein siegreicher Feld= herr, König Franz von Frankreich zieht mit Dir in den Kampf.

Don Padilla (entrüstet). Wer rief den Reichsfeind in das Land?

Maria (stolz). Ich schloß mit ihm den Bund.

Don Padilla (empört). Du rühmst Dich noch des Landesverrathes?

Maria. Ich ging aus Liebe zur Heimat — zu Dir mit ihm den Vertrag ein.

Don Padilla. Aus Eitelkeit!

Maria. Nein! Aus Entrüstung, daß ein Fremd= ling, der uns nicht liebt, die Krone tragen will. Du sollst in Castilien herrschen!

Don Padilla. Mit stolzen Worten verscheuchst Du nicht die Schmach, mit der Du Dich beladen. Nicht Schmach allein, Schande ist es, Feigheit, mit den Waffen des treulosen Länderräubers den Sieg an die castilianische Fahne zu fesseln. Ich aber will in ehrenvollem Kampfe

das Vaterland befreien oder untergehen. Ich zerreiße
den Vertrag mit dem Schwerte. Ich gehe ab zum Heere.
Ich schlag' allein die Schlacht.

(Er will fort, sie hält ihn zurück.)

Maria. O schwinge früher nicht das Schwert,
bis die Franzosen in Navarra eingefallen.

Don Padilla. Navarra gibst Du dem Reichsfeind
hin? Für ein Diadem, für eine eitle Lockenzier brichst
Du die Perle aus der Krone Spaniens, legst Du sie in
die Feindeshand, die so oft castilianisches Blut bespritzt?
Weich' zurück, eitle Thörin, Verrätherin! — Nur über
meine Leiche soll der König von Frankreich den Fuß
auf Spaniens Boden setzen.

(Maria umschlingt ihn.)

Maria. Du darfst Dich nicht tollkühn in das
Kampfgewühl stürzen! — Jetzt nicht! (Höchst innig.)
O Heißgeliebter! Ich laß' Dich nicht von meinem
Herzen. O bleibe, bleibe! Stürze Dich, Castilien nicht
ins Verderben. Du darfst nicht fort — jetzt nicht! —
Ich halte Dich umschlungen, wie einst, als Du den
ersten Kuß auf meine Stirne drücktest.

(Don Padilla will sich ihr entwinden.)

Wie feurig warbst Du um mich, wie kalt und ernst
stehst Du jetzt vor mir! — O blick' mir wieder so liebe-
innig in das Auge, als ich Dir zugeflüstert, daß Gott
uns mit einem Sohn beschenkt.

Don Padilla (für sich bewegt). Alonso!

Maria (inniger). O zerdrücke nicht die Freuden=
thräne, sie sagt mir, daß Du mich noch liebst. Entwinde

Dich nicht meinen Armen, noch erscholl nicht der Kampfruf; gedenken wir in den flüchtigen Secunden, wie wir uns liebten, treu und innig, in düsteren wie in heiteren Stunden.

Don Padilla (reißt sich von ihr los). Du bethörst mich nicht mehr.

Maria (kniet nieder). Verstoß' nicht das treue Weib, stoß' nicht die Mutter Deiner Kinder von Dir!

Don Padilla. Beug' den Nacken, wenn der Räuber aus dem Steigbügel sich schwingt, hochmüthig auf dem Boden Deiner Heimat die Fahne Frankreichs aufpflanzt und gnädig Dir zuwinkt. Führ' Deine Kinder als Geisel ihm zu; lausche dem Siegesjubel seiner Krieger, wenn Dir die verrathenen Castilianer fluchen. Doch ein Grande von Castilien schwört keinen Vasalleneid, senkt vor dem Reichsfeind nicht das Banner der Freiheit, vor dem die Saracenen flohen. Er schwingt die Fahne zum Angriff!

Maria. O hör' auf meine Bitten. O zieh' jetzt nicht das Schwert.

Don Padilla (zieht das Schwert). Es ist blank und rein.

Maria (erfaßt seinen Arm). Ich gab Dir das Schwert, ich fordere es von Dir zurück.

Don Padilla. Willst Du mit ihm den Bundes=genossen begrüßen? (Er stößt sie von sich.) Hinweg von mir! (Er droht ihr mit dem Schwerte.) Das Blut der Landes=verrätherin soll es nicht beflecken! Das Blut des Reichs=feindes soll es röthen. (Er eilt ab.)

Maria. Er liebt mich nicht mehr! Er haßt, ver=achtet mich! — O ich Unglückselige! Ich habe seinen

Ehrgeiz entflammt, der seine Liebe tödtete. Aus Liebe
— aus Liebe drückte ich ihm das Schwert in die Hand,
das er auf mein Herz jetzt zückt! — O hätte ich ihn
inniger an mein Herz gedrückt, mit heißen Küssen den
Ruhmesgedanken in seiner Seele erstickt, o hätte ich nicht
mit stolzen Worten ihn zum unheilvollen Kampf be=
geistert! — Er geht in den Tod! — (Entschlossen.) Für
die Freiheit Castiliens opfere ich nicht mein Liebstes!
Er darf nicht Valladolid verlassen. Noch kann ich es
hindern. Hin zu den Toledanern! Sie gehorchen noch
mir. Ich beherrsche sie. Sie sollen in die Zügel seines
Pferdes greifen, zurück ihn halten, und dann ihm die
Fahne reichen, wenn das Schlachthorn der Franzosen
von Navarra herüberschallt. (Sie will gehen.)

(Ines tritt ihr rasch entgegen.)

Ines. Bleibe!

Maria. Laß' mich fort! Ich muß fort!

Ines. Nach Navarra?

Maria. Es ziemt Dir nicht zu fragen, wohin
ich gehe.

Ines. Ich weiß es. (Sie zieht einen Brief hervor.)
Dieser Brief verrieth es mir. (Weist ihr den Brief vor.)

Maria (erschreckt für sich). Mein Brief an den
König von Frankreich! (Zu ihr.) Wer gab ihn Dir?

Ines. Der geheime Sendling des Königs Franz
verlor ihn auf der Treppe.

Maria. Gib mir den Brief.

Ines. Eher nicht, bevor Du mir das Geheimniß,
das über dem Geschicke meiner Eltern schwebt, ent=
hülltest.

Maria. Gib den Brief, hemme nicht länger meine Schritte. Du stürzest nicht blos Castilien, auch Padilla ins Verderben.

Ines. Auch er ist ein Landesverräther?

Maria. Du machst ihn dazu, wenn Du mich noch länger zurückhältst. Laß' mich von hinnen. (Sie will sie fortdrängen.)

Ines. Bleibe! Sprich! Du kanntest meine Mutter?

Maria. Was soll die Frage jetzt?

Ines. Du weißt, wie sie starb.

Maria (für sich). Wer verrieth es ihr? (Zu ihr.) Laß mich von hier.

Ines. Verschweig mir nichts.

Maria. Sie wurde von der Inquisition zum Feuertod verdammt.

Ines. So ist es wahr! (Schmerzlich.) Sie ward verbrannt! — Lebt noch mein Vater?

Maria. Ich sah ihn nie.

Ines (ängstlich). Auch er wurde —

Maria. Ich weiß nichts von ihm, von nichts, von nichts. (für sich.) Kostbar ist jede Minute; Spaniens Geschick entscheidet sich in diesem Augenblick. (Zu ihr.) Gib den Brief. Ich bitte Dich.

Ines (dringender). Verbirg mir nicht, wie mein Vater starb.

Maria. Ich befehle Dir, verlaß' das Gemach. (Sie will ab.)

Ines (streckt ihr den Dolch entgegen). Wag' keinen Schritt mehr.

Maria (erzürnt). Du drohſt der Wohlthäterin, die Dich erzog? So handelt die Undankbare! die Jüdin!

Ines (höchſt erzürnt). Welches Loos traf meinen Vater?

Maria (bittend). O glaube mir, ich ſah' ihn nie, ich weiß von nichts. O laß' mich von hier!

Ines (zieht den Dolch zurück. für ſich). Sie weiß es nicht. (Zu ihr.) Geh' hin zu Deinen Verbündeten. Ich aber will dem Volke Dein Geheimniß entdecken. (Sie eilt ab.)

Maria (in höchſter Angſt). Ines! Ines! Gib zu= rück den Brief! —

(Sie will ihr nach, als die Trompeten ſchmettern und Rufe: „Hoch Padilla!" ertönen. Sie bleibt wie gebannt ſtehen.)

Es iſt zu ſpät! Ich kann ihn nicht mehr zurück= halten! — (Schmerzbewegt.) Zu ſpät! Zu ſpät! (Sie ſtützt ſich auf das Fenſter. Nach einer Pauſe ermannt ſie ſich.) Er wird ſiegen! — Hin nach Toledo! Von dort be= herrſche ich Caſtilien! Die Caſtilianer ſollen mit dem Sieger Padilla den Franzoſen Navarra entreißen. Ich werde den Heißgeliebten wieder an mein Herz drücken! —

(Sie ſchickt ſich an zu gehen.)

(Der Vorhang fällt.)

Vierter Aufzug.

Cordesillas. Zimmer im Kloster Santa Clara. Im Vordergrunde ein Tisch, auf demselben eine Sanduhr, ein Cintenzeug; Schriften und Bücher liegen daneben.

(Catalina steht allein am Fenster.)

Catalina. Wie lange er ferne bleibt. Ich kann den Augenblick nicht erwarten, den lieben, guten Bruder Carlos zu umarmen. Horch! Ein Hufschlag! Ein Ritter sprengt durch das Klosterthor, ihm folgt ein Reiter, geschmückt mit einer gold'nen Kette. (freudig.) Es ist Carlos! Wie schnell er sich aus dem Sattel schwingt. Er eilt die Treppe herauf.

(Don Carlos tritt rasch ein; Catalina fliegt ihm entgegen.)

Catalina. Carlos! Bester Carlos!

Don Carlos. Liebste Schwester!

(Sie umarmen sich herzlich.)

Catalina (ihn betrachtend). Wie prächtig ist Dein veilchenblaues Wams! Wie kunstvoll geschmückt der Griff Deines Degens!

Don Carlos (besieht ihre Tracht). Dein Rock mit dem Lederschurz gefällt mir nicht.

Catalina. Auch mir nicht; doch die Mutter will, daß ich mich so wie sie kleide.

Don Carlos. Auch sie trägt dies Kleid? Die Tracht ist nicht würdig einer Königstochter. Ich sende Dir von Brüssel einen Schrank mit schönen Kleidern.

Catalina (höchst erfreut). Wie gut Du bist. Nimm dafür meinen Dank. (Sie küßt seine Wange.)

Don Carlos. Noch immer bewohnt ihr diese düstere Zelle?

Catalina. Die Mutter will das Kloster nicht verlassen.

Don Carlos (für sich). Der Sarg Philipps wurde aus der Stadt gebracht, und doch will sie von Torde= sillas nicht abreisen. (Zu ihr.) Du mußt fort von hier. Du zählst jetzt vierzehn Jahre und darfst nicht länger in dieser Einsamkeit verkümmern.

Catalina. Du bringst mich zu Fernando? Ach! Ich wünschte so oft, ihn zu sehen. Fernando weilt noch in Flandern?

Don Carlos. Er trat die Herrschaft in den österreichischen Erblanden an.

Catalina. Er kommt nicht mehr in das schöne Spanien? Das Volk hat ihn so sehr geliebt, es wollte ihn zum König ausrufen.

Don Carlos (empfindlich). So! — Fernando fühlt sich in Oesterreich sehr glücklich. Die Länder, die er beherrscht, sind schön und´ gesegnet; das Volk, das sie bewohnt, ist arbeitsam, bieder und heiteren Sinnes.

(Er zieht ein Medaillon aus der Brust und läßt absichtlich ein anderes Medaillon auf den Tisch niedergleiten. Er zeigt ihr ein Medaillon.)

Wie gefällt Dir dieses Bildniß?

Catalina (besieht es). Du bist trefflich gemalt.

Don Carlos. Das Bild ist von Tizians Meister-
hand.

Catalina (auf den Tisch zeigend). Auch dieses hier?

Don Carlos (verdeckt lächelnd das Medaillon auf dem
Tische mit der Hand.) Ei sieh', wie neugierig Du bist.

Catalina. Ich darf es nicht sehen, es ist wohl
das Bildniß Deiner Braut?

Don Carlos. Meinst Du?

Catalina. Warum verdeckst Du es?

Don Carlos (scherzhaft). Um Dich zu necken. (Er
gibt ihr das Medaillon). Beschau es.

(Catalina nimmt es und betrachtet es betroffen.)

Don Carlos (für sich). Sie wendet kein Auge von
dem Bildniß ab, erröthet leise. (Zu ihr.) Gefällt Dir
das Bild?

Catalina (zögernd). Wer ist der Jüngling?

Don Carlos. Der Prinz von Portugal. (Für
sich.) Ihr künftiger Gemahl. (Zu ihr.) Behalte das Bildniß, weil es Dir Vergnügen macht.

(Catalina verbirgt es rasch in dem Busen.)

Don Carlos (für sich). Liebes, unschuldiges Kind.
(Er küßt sie).

(Juana tritt ein, Beide betrachtend.)

Juana. Zwei Rosen, die sich einander zuneigen,
Wie männlich schön ist er geworden!

Don Carlos (sieht Juana. Zu Catalina:) Die Mutter!
— Laß' mich mit ihr allein. (Catalina geht ab.)

(Für sich.) Wie bleich, wie leidend sieht sie aus!
(Er nähert sich ihr.)

Juana (fällt ihm weinend um den Hals). Mein Carlos!
Wie unglücklich bin ich.

Don Carlos (tief bewegt). O Mutter! Sieh deinen
Sohn! Schone ihn!

Juana. Der Tod hat mir mein Liebstes geraubt.
Niemand tröstet die Einsame, die Verlassene.

Don Carlos. Hast Du nicht Kinder, die Dir treu
ergeben sind?

Juana. Lieben sie mich? Fliehen sie mich nicht?

Don Carlos. Dein maßloser Schmerz macht Dich
ungerecht. Gedenk' in Liebe des theuren Todten, doch
auch der Lebenden. Sieh in unsere Herzen und die Thräne
in Deinem Auge wird zerfließen.

Juana (erregt). Du selbst, den ich von meinen Kin=
dern am meisten liebte, trittst nicht als Sohn, als
Herrscher der Mutter entgegen.

Don Carlos. Meine Wünsche konnten Dich nie
verletzen, sie betrafen stets Dein Wohl. Meine Rath=
schläge waren wohlgemeint; Du hast mich tief gekränkt,
als Du sie in leidenschaftlicher Aufwallung, ohne sie zu
prüfen, verwarfst.

Juana (leidenschaftlich). War es Dein Wille, daß
man mir vier Jahre den Tod meines Vaters verschwieg?

Don Carlos. Die Lage Spaniens gebot diese
Vorsicht.

Juana. Deine Herrschbegierde verleitete Dich zu
dieser herzlosen Täuschung. Du hast die Mutter nie ge=
liebt! Auch Leonore, Deine Lieblingsschwester, opfertest
Du Deinem Ehrgeiz, vermähltest sie mit König Emanuel
von Portugal, der alt genug ist, um ihr Vater zu sein

und bereits am Rande des Grabes schwankt. Ungeliebt vertrauert die Unglückliche ihre Jugend. O daß Du nicht verlassen wie mein armer Vater auf dem Kranken=lager verzweifelnd die Hände ringst, bis der Tod, der einzige Erbarmer, Dich in seine Arme schließt!

Don Carlos. Der König von Portugal starb vor Kurzem und Leonore kann jetzt nach ihrer Herzens=neigung einen Ehebund schließen.

Juana. Sie wird den Witwenschleier nicht mehr ablegen. Prinz Friedrich von der Pfalz, den sie innig liebte und dem Du ihre Hand versagtest, hat sich schon vermählt. (Erregt). Auf Catalinas Haupt aber sollst Du keine Dornenkrone drücken.

Don Carlos. Doch wird sich Catalina bald an meinen Hof begeben.

Juana (leidenschaftlich). Hast Du sie schon verlobt? — Ich laß' sie nicht von mir.

Don Carlos. Ich geleite Dich und Catalina nach Brüssel.

Juana. Ich bleibe in Tordesillas.

Don Carlos. Darfst Du Catalina noch länger im Kloster zurückhalten?

Juana. Das einzige Kind, das mich noch nicht täuschte, willst Du von meinem Herzen reißen? Du behandelst uns so lieblos wie die Castilianer!

Don Carlos. Das Blut, das in diesem Aufstand vergossen wurde, floß nicht ohne Deine Schuld.

Juana (sehr erzürnt). Mich klagst Du an? Der Herzog von Chièvres, Dein Liebling, die habgierigen

Flamänder, der schwankende Cardinalgobernador, Dein Vertrauensmann, riefen nicht die Empörung hervor?

Don Carlos (erregt). Die Rebellen fochten unter Deiner Fahne gegen mich.

Juana. Ich entrollte nicht ihre Fahne.

Don Carlos. Doch empfingst Du sie als Königin.

Juana. Ich bin nach dem Erbrecht die Königin von Castilien und Aragon.

Don Carlos. Nach dem Testamente Isabellas bin ich jetzt der König.

Juana. Du warfst Dich aber, als Du noch nicht volljährig warst, schon zum Herrscher auf und über= ließest das herrliche Land Deinen Günstlingen, herzlosen Fremdlingen, die es knechteten und ausbeuteten. Du sahst nicht die Gräuel, die man in Deinem Namen verübte, Du hörtest nicht den Wehruf der Sterbenden, die man auf dem Schaffot zu Sevilla verbrannte. Mir blutete das Herz in diesen schrecklichen Tagen; Dein Herz aber blieb den Unglücklichen verschlossen, schlug nicht für Spanien.

Don Carlos. Du nimmst die Ketzer in Schutz, die Abtrünnigen von dem christlichen Glauben?

Juana. Hätte ich nach dem Tode meines Vaters den Thron bestiegen, so viel Unheil wäre über mein Vaterland nicht hereingebrochen; man hätte keinem Unschuldigen durch gräßliche Foltern das todtbringende Geständniß erpreßt. Noch will Niemand die Wunden, die man dem Reiche schlug, heilen. So will ich es jetzt versuchen. Ich habe der Thronrechte noch nicht entsagt.

Don Carlos. Nur mit eherner Strenge kann man verhüten, daß nicht auch in Spanien die neue Irrlehre Wurzeln faßt. Deine Hand ist zu schwach, das Schwert zu führen; Dein Herz zu weich, die Verführer zu strafen. Dein milder Sinn wird die Rebellen nicht zum Gehorsam zwingen. (Er legt eine Schrift auf den Tisch hin.) Unterzeichne den Verzicht auf die Krone, ein Herrscher nur, ein Mann von starkem Willen kann Spanien vor dem Verfalle retten.

Juana (gereizt). Ist diese Schrift gleichen Inhalts wie jene, die mir Marques Denia überreichte?

Don Carlos (gereizt). Willst Du auch sie zerreißen?

Juana (entschieden). Ich unterschreibe nichts.

Don Carlos (milde). Wenn es der König wünscht.

Juana (höchst leidenschaftlich). Ich beuge mich nicht vor dem römischen Kaiser.

Don Carlos (für sich). Sie ist krank, sehr krank. (Sehr milde, fast bittend zu ihr). Unterzeichne die Schrift. Es ist zum Heile Deines Vaterlandes. Die Flamme des Aufstandes, die jetzt im Erlöschen ist, darf nicht von Neuem emporzüngeln. (Sehr innig). Schlag' dem Sohne nicht die Bitte ab.

Juana (betrachtet die Schrift, für sich). Zum Heile meiner schönen, theuern Heimat. (Sie unterschreibt mit zitternder Hand die Schrift. Zu ihm). Gedenk' der Flammen, die in Wittenberg vom Scheiterhaufen emporloderten! Heb' auf das Tribunal der Inquisition! (Don Carlos will ihre Hand ergreifen, sie schreitet schnell vom Tische weg.)

Juana (winkt ihm Lebewohl zu, mit tonloser Stimme). Herrsche glücklicher als Dein Vater! (Sie geht ab.)

Don Carlos (sieht ihr bewegt nach). Eine Thräne fiel auf ihre bleichen Wangen nieder. Arme Mutter! — (Er geht zum Tisch, besieht einige Bücher und Schriften. Er ergreift überrascht die Schriften Martin Luther's.) Die Schriften Martin Luther's! In ihren Händen! Auch hieher sind sie schon gedrungen. Sie sog das Gift der neuen Lehre ein? (Entschlossen). Ich dulde keine Freidenker, Sectirer in meinen Staaten!

(Andreas tritt ein.)

Andreas. Gestatten Eure Majestät —

Don Carlos (erzürnt). Wie kommen trotz meines strengen Verbotes Martin Luther's Schriften in das Land und hieher in das Kloster? (Er gibt ihm die Schriften.)

Andreas. Man verbarg sie vor mir. Die Abgesandten der Junta brachten sie wohl hieher.

Don Carlos (ungnädig). Du hast für das Seelenheil meiner Mütter schlecht gesorgt, kehr' wieder in Dein Kloster heim.

(Andreas will gehen.)

(Für sich.) Er ist ein treuer Diener. Man hat ihn getäuscht. (Zu Andreas.) Bruder Andreas, komm' an meinen Hof.

Andreas. Entlassen mich Eure Majestät, doch nicht in Ungnade.

Don Carlos. Was zieht Dich so mächtig in das Kloster Yuste?

Andreas. Ich ſehnte mich ſchon lange, fern von dem Geräuſch der Welt, in der Waldeinſamkeit, mich frommen Betrachtungen wieder hinzugeben.

Don Carlos. Die Wildniſſe von Eſtremadura mahnen an die Macht des Herrn.

Andreas. Der Friedenshauch der göttlichen Liebe umweht mich in dem Garten von Yuſte. Umſchattet vom dichten Laub des Feigenbaumes, umweht von den ge= fiederten Blättern des Mandelbaumes, umduftet von Orangenblüthen, ſchwindet die Thräne der Wehmuth aus meinem Auge, die der Blick auf den wilden Kampf der menſchlichen Leidenſchaften erweckte.

Don Carlos. Die Menſchen denken nicht an Gott, nur an ſich, — wie ſie ihre Gelüſte befriedigen können. Selbſtſucht, Habgier beherrſchen ſie, wecken Neid und Haß in ihrer Bruſt. Man nennt mich ſtreng katholiſch; ich bin es auch und will es bis zum Tode bleiben. Ich will die Irrenden auf den rechten Weg leiten, vom Sturz in den Abgrund des Verderbens zurückhalten. Zieh hin in Frieden. Vielleicht ſehe ich Dich in Yuſte wieder.

(Andreas geht ab.)

(Don Carlos geht zum Tiſch und läutet. Der Secretär tritt mit einer Schrift ein.)

Der Secretär. Geruhen Eure Majeſtät die Schrift zu prüfen.

Don Carlos (nimmt die Schrift. für ſich). Das Todes= urtheil der Rebellen! (Er lieſt. Zum Secretär.) Maria de Pacheco! — Warum ſteht nicht der Biſchof von Zamora, Antonio de Acuña, oben auf der Liſte der Verurtheilten? Er iſt doch der Schlimmſte der Rebellen.

Der Secretär. Maria de Pacheco ist auch des Landesverrathes angeklagt.

Don Carlos. Antonio de Acuña aber führte einen Raubkrieg, wiegelte die Bauern gegen die Lehensherren, die Armen gegen die Reichen auf, bewaffnete die Mönche gegen mich.

Der Secretär. Seine Heiligkeit wagt für ihn eine Fürbitte. Er räth Eurer Majestät zur Milde, zur Versöhnlichkeit.

Don Carlos. Papst Adrian mag vergessen, daß Antonio die geheimen Schreiben des Cardinalgobernadors auffing, ich aber kann ihm nicht verzeihen, daß er sie der Majestät zum Hohn und Spott veröffentlichte. (Er geht zum Tisch, für sich.) Maria de Pacheco! Auch die Unglückliche ist eine Mutter! Ich begnadige sie. (Zum Secretär.) Maria de Pacheco's Name soll auf der Liste der Verurtheilten stehen; doch ist mein Wille, daß man sie aus Toledo entfliehen lasse und sie nicht weiter verfolge. Antonio de Acuña ist zum Tode verurtheilt. Doch vorher halte man über ihn ein strenges Gericht. (Er schreibt Antonio's Namen auf die Liste, unterzeichnet das Urtheil und übergibt es dem Secretär.) Der Aufstand ist gedämpft?

Der Secretär. Noch heute ziehen unsere Truppen in Toledo ein. Vergessen Eure Majestät die Unbilden, die Sie durch die Rebellen erlitten.

Don Carlos. Die Granden, die Bürger, die Bauern, die Mönche schwangen das Freiheitsbanner, fochten aber nur für ihren Eigennutz. Jetzt suchen sie in ihrer Bedrängniß, ihre gegenseitige Treulosigkeit verrathend, Schutz bei der Krone, die sie mit den Waffen bedrohten. Sie tragen die Schuld, daß mir jetzt der König von Frankreich den Krieg erklärt. (Für sich.) O Gott, ich danke Dir, daß dieser Krieg nicht durch mich begann und dieser König von Frankreich mich größer zu machen sucht als ich bin. Ich danke Dir, daß Du mir die Mittel zur Vertheidigung gabst. Ich bin entweder bald ein armer Kaiser oder er ist ein armer König!

Der Secretär. Ein Kriegsmann, der sich bei dem Sturm der Franzosen auf Pampeluna durch Tapferkeit auszeichnete und am rechten Beine eine schwere Wunde erhielt, bittet Eure Majestät um Gehör.

Don Carlos. Sein Name?

Der Secretär. Iñigo Loyola.

Don Carlos. Ein Spanier?

Der Secretär. Der Jüngling, als der Jüngste von eilf Kindern eines spanischen Edelmannes auf dem Stammschlosse Loyola im Biscayischen geboren, hielt sich am Hofe König Ferdinands als Edelknabe auf und trat später in den Kriegsdienst.

Don Carlos. Ich will ihn für seinen Kriegsmuth belohnen.

Der Secretär. Er hat der weltlichen Ehren längst entsagt. Als er schwer verwundet, dem Tode nahe, im Hause seiner Eltern auf dem Krankenlager schmerzenvolle Stunden durchwachte, las er das Leben Christi, begeisterte er sich an dem segensreichen Wirken der großen Ordensstifter. Und als er genas, war er von Gott begnadet. Er betete, fastete, pilgerte nach dem Montferrat, weihte dem wunderthätigen Marien= bilde seine Waffen und sich selbst der Himmelskönigin.

Don Carlos. Jetzt, da Martin Luther von der Wartburg der katholischen Kirche den Krieg erklärt, be= geistert sich ein Kriegsmann für die Lehre Christi. Ein göttliches Geheimniß! Ein Wink des Herrn! Führe den frommen Mann mir vor.

(Der Secretär führt Loyola ein, der im schlechten, groben Ge= wande eintritt.)

Inigo Loyola (versucht vergebens mit dem einen ver= stümmelten Bein zu knieen. Don Carlos hebt ihn empor). Großmächtigster Kaiser! Allergnädigster König! Ge= statten Euer Majestät, daß ich zum Schutz des katho= lischen Glaubens und um die sündigen Menschen und Heiden zu bekehren, gottesfürchtige Streiter werbe, mit ihnen den Orden der Gesellschaft Jesu stifte.

Don Carlos. Du wirst schwerer die Leiden= schaften der Menschen mit dem heiligen Worte be= kämpfen, als Du früher die Feinde mit den Waffen besiegtest. Wie viele fromme Schwärmer haben dies schon versucht. Mit dem Gebet allein gelingt es Dir nicht.

Inigo Loyola. Du mißtrauest meinem Heil= mittel?

Don Carlos. Worin besteht sein Geheimniß? Wie heißt es?

Inigo Loyola. Disciplin! —

Don Carlos. Bei Gott, ein Wort zu guter Zeit! — Ich schütze Dich und Deine gottbegeisterten Streiter mit meinem Schwerte.

(Er reicht Loyola die Hand, der sie küßt und abgeht.)

Don Carlos (für sich). **Er** wird auch meine Mutter heilen. (Zum Secretär). Sorge dafür, daß meine Mutter hier im Kloster friedlich ihre Lebenstage verbringen kann.

Der Secretär. Sie hat der Welt für immer entsagt?

Don Carlos. Sie will sich mit Gott versöhnen. (für sich.) Gott sei mit ihr. (Zum Secretär.) Ich halte zuerst meinen Einzug in Toledo. Durch die Puerta del sol reite ich ein.

Der Secretär. Durch dieses Thor sprengten auch nach der Eroberung der Stadt der tapfere König Alfonso und sein Begleiter, der Held Cid. Dort sank das stolze und trotzige Schlachtroß, Babieca, in die Kniee und erhob sich aus den Rissen des Bodens der blutende Christus, der einst unter dem Gothenkönig Athagilde Blinde und Lahme heilte und seitdem verschwunden war. Die ewige Lampe brannte noch zu den Füßen des Heilands klar und hell, als hätte man sie jüngst, wie es vor so viel hundert Jahren geschehen, mit frischem Oel gespeist.

Don Carlos. Vor diesem blutenden Christus in der Capelle del santisimo Christo de la sangre will ich Gott für den Sieg danken, den reuigen Verführten die Hand zur Versöhnung reichen. (Sie gehen ab.)

Verwandlung.

Toledo. Domplatz. Der Dom ist geöffnet. Man hört Trauergesänge.

(Antonio de Salvatierra tritt mit Alfonso in der Tracht eines Reiters auf.)

Salvatierra (reißt seine Kappe herab. Zum Volke).
Ich bin der Graf von Salvatierra. Es lebe die Bürger=
schaft Toledos! Tod den Verräthern!

Die Toledaner (schwingen die Mützen). Hoch! Der
Vater der Armen, der Freund der Bauern!

Salvatierra (zu Alfonso). Verrathe nicht, daß meine
Kriegerschaar sich aufgelöst, die Bauern die Waffen
von sich warfen, in die Dörfer flohen. Wir müssen das
Volk täuschen, Padilla's Fahne schwingen. (Zum Volke).
Wo ist der Domprobst? Wo sind die Domherren?

Ein Toledaner. Sie beten im Dome.

Salvatierra (für sich). Wohl nicht für Padilla.
(Zu Alfonso.) Ruf' sie herbei. (Alfonso geht ab.)

Salvatierra (zum Volke). Toledaner, haltet Euch
zum Auszug bereit! Bald wird man den Sieg ver=
künden, den Don Padilla bei Villalar erfocht. Mit ihm
vereint wollen wir die von der Junta abgefallenen
Städte wieder zum Gehorsam zwingen.

(Ines eilt von Bürgern verfolgt herbei.)

Einige Bürger. Ergreift sie.

Andere Bürger. Werft sie in den Tajo.

Ines. Hilfe! Hilfe! (Sie stürzt Antonio zu Füßen.)
Rette mich!

Salvatierra. Wer bist Du?

Ines. Eine Judenchristin.

Alle Bürger. Eine Jüdin.

Salvatierra. Was hat sie verbrochen?

Alle Bürger. Sie ist eine Spionin der verräthe=
rischen Granden.

Ineß. Sie lügen, ich bin eine arme Waise, Dienerin im Hause der Maria de Pacheco.

Alle Bürger (wollen sie ergreifen). Fort mit ihr!

Salvatierra (weist sie fort). Sie steht in meinem Schutz.

Ineß (flehend). Schütze nicht mich allein, erbarme Dich auch der unglücklichen Marranos.

Salvatierra. Ich bin gekommen, Alle zu schirmen, ich will auch die Marranos von ihren Peinigern befreien. (Zu den Bürgern.) Geht, versammelt Euch vor dem Alcazar und harrt dort, bis ich Euch zum Kampfe rufe. (Zu Ines.) Geh' in den Dom, bete für den Sieg unserer Waffen.

(Ines ab in den Dom. Die Bürger gehen murrend ab.)

Alfonso (tritt aus dem Dom). Der Domprobst weigert sich, den Geächteten zu empfangen.

Salvatierra. Er will das Gold, das die Caballeros bei ihm verbargen, nicht ausliefern.

Alfonso. Man hat es nach Simancas gebracht.

Salvatierra (zeigt auf sein Schwert). Mit dieser Wünschelruthe werde ich die verborgenen Schätze bald entdecken.

(Salvatierra geht mit Alfonso in den Dom.)

(Maria kommt und bleibt vor dem Dome stehen.)

Maria. Fließe, Thräne, scheuche fort die Secunde, die mich nicht von der Seelenqual befreit. Noch kommt kein Bote, den errungenen Sieg mir zu verkünden. Gott! Wenn er die Schlacht verlor! O Herr, zerstöre nicht mein Lebensglück, laß' den Heißgeliebten siegen,

6*

für mich, für die Kinder, für die Freiheit Castiliens!
(Sie faltet die Hände.)

(Moro schleicht an die Thür des Domes und sieht hinein.)

Moro. Er umschreitet den Altar! Bete, Graf
von Salvatierra, bitte um Vergebung deiner Ver=
brechen, du trittst nicht mehr aus dem Dome. (Er zückt
den Dolch und geht in den Dom.)

Maria. Er stieß mich von sich! Die Landes=
verrätherin! Ich bin es nicht. Ich warb aus Liebe
für ihn einen Bundesgenossen. Der Sieger wird mich
wieder lieben! — (An die Thür des Domes tretend.) Die
Klagetöne dringen wie Sterbeseufzer in mein Ohr. O
mein Gott! Wenn er jetzt die Todeswunde empfing,
wenn er jetzt stirbt! — Welche Angst erfaßt mich!
Ich muß in den Dom, für ihn beten.

(Sie will in den Dom eintreten, als Avalos auftritt.)

Avalos (betritt die Schwelle des Domes und berührt
die Schulter Marias). Donna Pacheco!

Maria (wendet sich um und eilt mit ihm auf den Dom=
platz). Don Avalos! — Du kommst von Padilla?
(Sie tritt plötzlich von ihm zurück. Entsetzt für sich.) Blut klebt
an seinem Wams!

Avalos. Fasse Dich!

Maria (erregt). Die Schlacht ist verloren?

Avalos. Sie und die Freiheit Castiliens. Das
Heer der Junta ist vernichtet.

Maria (in steigender Aufregung). Padilla lebt, kehrt
zurück?

Avalos. Beweine ihn, den ritterlichen Kämpfer.

Maria (im höchsten Schmerze). Padilla todt! — Todt! — O mein Padilla! — Juana! Nun verstehe ich Deinen Schmerz!

Avalos (reicht ihr einen Reliquienschmuck). Diesen Reliquienschmuck nahm er vom Halse und gab er für Dich dem Bruder des Grafen von Haro. Sein Diener brachte ihn mir.

Maria (nimmt den Schmuck und küßt ihn). Meine Hochzeitsgabe! Oh! — (Zu Avalos.) Mit keinem Gruß an mich?

Avalos. Señor Don Luis, sprach er zu dem Grafen von Haro, gebt diese Reliquie der Donna Maria, meiner Gattin, und sagt ihr, sie möge mehr Werth auf ihre Seele legen als auf die Eitelkeit der Welt!

Maria (für sich). Er starb im Groll gegen die Landesverrätherin! O Padilla! Wie hast Du meine Liebe verkannt. (Nach einer Pause, stolz.) Er fiel als Held in der Schlacht für die Freiheit Castiliens! — Ehre, Liebe seinem Angedenken! (Gefaßt.) Wie verlief der Kampf?

Avalos. Padilla stand, als am Sonntage die königlichen Truppen sich vereinigten, ruhig in Torre Lobaton. Er konnte keinen Handstreich gegen Torde=sillas wagen, in dem der Cardinalgobernador mit dem Hofe zurückgeblieben war. Er hatte noch nicht alle Truppen zusammengezogen, als er sich entschloß, heim=lich von Torre in der Richtung nach Villalar abzuziehen. Allein der Marsch glich bereits einer Flucht; das Schick=

fal des Heeres, das die Vereinigung der königlichen
Gobernadoren nicht gehindert hatte, war schon entschieden. Auch Lope Alvarez Osorio, Luiz de Herrera
und andere tüchtige Capitaine hatten Padilla verlassen.

Maria (entrüstet). Die Treulosen!

Avalos. Ein heftiger Regen erweichte die Wege,
erschwerte den Vormarsch. Als das königliche Heer auf
unsere Vorhut drängte, die nur mühsam sich vorwärts
bewegte, suchte unser Fußvolk bei Villalar Stellung zu
nehmen. Es vermochte es nicht; und als die königlichen
Truppen einige Schüsse aus ihren Geschützen abfeuerten,
stob es auseinander und fielen unsere Kanonen in die
Hände des Feindes. Die fliehenden rissen die rothen
Kreuze, das Abzeichen der Junta, von ihren Kleidern
und steckten weiße, das Abzeichen der Granden, auf.

Maria. Die Feiglinge!

Avalos. Die Caballeros, bei welchen sich Padilla
befand, entschlossen sich, allein den ehrenvollen, aber
erfolglosen Kampf zu bestehen. Padilla ritt am frühen
Morgen im Prachtkleide, als ginge es zum Turniere,
zur Schlacht. Er stieß einen Gegner ritterlich vom
Pferde, ward aber, als er das Schwert zog, von Alonso
de la Cueva durch einen Stoß ins Gesicht verwundet
und gefangen.

Maria (aufschreiend). Gefangen!

Avalos. Auch Maldonado, Juan Bravo und
andere Caballeros wurden als Gefangene nach Villalar
geführt, dem Gerichte übergeben und hingerichtet.

Maria (in höchster Angst). Padilla starb an seiner
Wunde?

Avalos (zögernd). Er ging gefaßt zum Richtplatz — in den Tod.

Maria (entsetzt aufschreiend). Padilla enthauptet! — Ein Grande von Castilien mit dem Henkerbeil gerichtet! — O Schmach! O Schande! — So gering schätzt man uns! Don Carlos! — Die Granden fochten für die Krone Deiner Ahnen; der Glanz ihrer Paläste umstrahlt Deinen Thron, ihr Schild nur schützt Deine Brust! — Die Freiheiten und Rechte, die Du ihnen raubst, sind die Edelsteine ihrer Kronen! Der Lorbeer, der Deine Stirne schmückt, ist ein Zweig von ihrem Siegeskranze! Graf von Gent! Du kennst nicht den castilianischen Stolz; nicht mit Beil und Schwert bezwingt man ihn. Padilla! Deine Kinder sollen Deinen schimpflichen Tod sühnen! Rache sei ihr Gebet, Rache ihr Schwur, wenn ich das Schwert in ihre Hand lege.

(Ihr Diener kommt mit ihren Kindern.)

Der Diener. Flieh', rette Dich mit den Kindern. Das Volk stürmt Dein Haus, droht Dir mit dem Tode.

Maria (drückt die Kinder an sich). Meine Kinder! (Schmerzvoll für sich.) Sie haben nur mehr mich!

(Man hört dumpfen Kanonendonner.)

Der Diener. Die Feinde nahen.

Maria. Die königlichen Truppen rücken an. Fliehen wir. Geliebtes Toledo! Wir kehren wieder, Dich von der Fremdherrschaft zu befreien!

(Sie eilen Alle ab.)

(Tumult in der Kirche. Moro flieht aus dem Dome.)

Moro. Verdammt, der Dolchstoß ging fehl, doch er entkommt mir nicht.

(Eilt fort.)

(Volk stürzt aus dem Dome und ruft: Faßt den Mörder! Ergreift den Juden!)

(Salvatierra tritt aus dem Dome.)

Salvatierra (für sich, entsetzt). Moro lebt! Moro, der Mörder! (Zum Volke.) Eilt dem Mörder nach, nehmt ihn gefangen.

(Bürger eilen herbei.)

Einige Bürger. Verloren ist die Schlacht!

Andere Bürger. Padilla ist todt!

Alle. Wer rettet uns, wer rettet Toledo?

Ein Bürger (zu Salvatierra). Zieh' für uns das Schwert.

Alle. Führ' uns in den Kampf!

Salvatierra. Ich ziehe meine bewaffneten Bauern in die Stadt. Greift zu den Waffen, besetzt die Wälle.

(Die Bürger eilen fort.)

Salvatierra. Toledo ist nicht zu halten, mein Leben hier bedroht. Ich fliehe nach Frankreich und eile von dort nach Rom. (Er geht ab.)

(Bürger stürmen mit einer weißen Fahne heran.)

Alle. Fort in das königliche Lager, wir ergeben uns dem Don Carlos. (Sie eilen fort.)

(Handwerker verfolgen Maria mit ihren Kindern.)

Maria. Schont meine Kinder!

Alle. Du hast uns in das Verderben gestürzt.

Einige. Sie verdient den Tod.

Maria. Blickt auf zu dem Kreuz des Domes! Padilla's Ahnen pflanzten es an die Stelle des Halb= mondes auf den rothen Thürmen der Alhambra auf. Ihr wollt sein Weib, seine Kinder ermorden? Sie sollen seinen schmachvollen Tod nicht rächen?

Alle. Er hat für den Landesverrath gebüßt!

Maria (in steigender Angst). Wie kann ich die Kinder retten? — Die Klaggesänge sind verstummt. (Sie führt in höchster Angst die Kinder zum Dome.) Die Wachslichter sind erloschen.

Alle. Sie sterbe! Sie mit den Kindern!

Maria. Man wird die Thür des Domes schließen. (Sie eilt mit den Kindern zur Thürschwelle.) Tödtet mich — nicht meine Kinder, die Rächer ihres Vaters!

Alle (dringen auf sie ein). Stoßt sie nieder!

Ein Bürger (hält sie zurück). Entweiht nicht den Dom! Er schützt sie.

(Alle weichen von der Thür des Domes zurück.)

Alle. Heilig ist das Asylrecht.

(Bürger und Handwerker eilen herbei.)

Alle Ankommenden. Läutet die Glocken, be= leuchtet die Stadt.

Maria. Jubelt, Sklaven, dem Don Carlos zu. (Sie flieht in den Dom.)

Ein Bürger. Sind die Franzosen geschlagen?

Alle Ankommenden. Der Cardinalgobernador ist zum Papst erwählt.

Alle. Hoch Adrian! Hoch Papst Adrian!

(Man hört in der Ferne Rufe: „Hoch Padilla! Hoch die Comuneros!")

Alle. Nieder mit den Franzosenfreunden!

Ein Bürger. Streut Salz auf die Ruinen des Palastes der Maria Pacheco!

(Alle eilen ab.)

Der Vorhang fällt.

Fünfter Aufzug.

Mühle bei Toledo. Ein gewölbtes Gemach; auf einem Tische steht eine angezündete Lampe.

(Antonio de Salvatierra stützt sich auf einen Lehnstuhl.)

Salvatierra. Die Franzosen sind geschlagen; die letzte Hoffnung auf die Befreiung Castiliens ist dahin. Mit deutschen Ketten wird man die Freiheitskämpfer fesseln. O daß ich nach Toledo meine Schritte lenkte! Jetzt muß ich mich in dieser Mühle verbergen, in Angst die Nächte durchwachen, bis die Stunde schlägt, in welcher ich aus Castilien fliehen kann. Armer Alfonso! Ein Schwerthieb streckte Dich zu Boden, als Du mich in den Straßen Toledos gegen die Meuterer verthei= digtest. Du warst tapfer mit der Zunge wie mit dem Schwerte; Du hast mit Deinen Flammenworten Mönche, Bauern, Handwerker für mich begeistert. Schmach über die Feiglinge, die mich so schnell verließen. Weh' euch, wenn der Adler wieder auf den Gefilden Castiliens sich emporschwingt; er wird dann die Eulen, Krähen und Elstern aus ihren Nestern jagen. (Er geht zum Fenster.) Schwül ist die Luft. Es regt sich kein Blatt des Epheus, der an dem Eisengitter sich emporrankt. In Toledo schlummern die Würger, ermattet von dem blutigen Straßenkampfe. (Er zieht sich plötzlich zurück.) Moro! —

Warum muß ich wieder an ihn denken? Hier bin ich
in Sicherheit, trifft mich nicht sein Dolch. War das
junge schöne Weib nicht schuldig? Fiel nicht die Neu=
bekehrte wieder von dem christlichen Glauben ab?
Moro's Weib hatte den Tod verdient! — (Er horcht.)
Ein Riegel knarrt! — Der Windstoß warf ein Pfört=
lein zu. (Er geht zum Fenster.) Ein Gewitter ist im Anzug.
(Er horcht wieder.) Ein Geräusch! — Der Tajo schäumt
auf, erzürnt, daß er auch Nachts die Schaufelräder der
Mühle treiben muß. Horch! Schritte! Ganz nahe!
Wer kommt?

(Er hält die Hand vor die Lampe.)

(Ines schließt die Thür auf und tritt herein.)

Ines! Du kommst so spät? Was hat sich begeben?

Ines. Du mußt fort von hier, noch diese Nacht.
Man hat Deinen Aufenthalt ausgeforscht.

Salvatierra. Wer verrieth Dir dies?

Ines. Einer der mir befreundeten Marranos, der
in das königliche Heer trat und in Toledo mit dem
Herzog von Najera einzog.

Salvatierra. Wie ein Schutzengel wachst Du über
mich. Du führtest mich in der Blutnacht aus Toledo,
brachtest mich in diese Mühle.

Ines. Hast Du mich nicht beschützt, das Leben
mir gerettet? Warst Du nicht der Einzige, der die armen,
schutzflehenden Marranos nicht mit Verachtung zurück=
gewiesen?

Salvatierra. Ich werde auch, wenn ich in Rom,
wohin ich mich flüchten will, angelangt bin, die Fesseln

der Marranos lösen. Der Papst wird auf meine Für=
bitte über euer Haupt segnend seine Hand halten.

Ines (gerührt). Gedenk' dann auch der armen, ver=
lassenen Waise, die Dich in ihr Gebet einschließt. (Sie
drückt seine Hand an ihre Lippen.)

Salvatierra. Ich sollte meine Befreierin ver=
gessen? — Deine Mutter starb sehr jung?

Ines (bewegt). Ich zählte an ihrem Todestage
zwei Jahre.

Salvatierra. Auch Dein Vater lebt nicht mehr?

Ines. Er flüchtete aus Toledo, ließ mich allein
zurück. Ich sah ihn nicht mehr.

Salvatierra. Er verließ Toledo! (für sich.) Moro
floh nach der Hinrichtung seines Weibes aus Castilien.
(forschend zu ihr.) Wer nahm sich Deiner an?

Ines. Der greise Pacheco, der Vater der Gattin
Padilla's brachte mich aus Mitleid in sein Haus.

Salvatierra. Pacheco sprach nie mit Dir von
Deiner Mutter?

Ines (bewegt). Maria de Pacheco, die mich erzog,
enthüllte mir, daß meine Mutter als Ketzerin verbrannt
wurde.

Salvatierra (entsetzt für sich). Sie ist Moro's Tochter!
(Bewegt für sich.) Ich überlieferte ihre Mutter dem Feuer=
tode und sie schirmt mich vor meinen Feinden. (Er
wischt sich eine Thräne aus dem Auge.)

Ines. Dich rührt das Schicksal meiner armen
Mutter?

Salvatierra (nimmt den Mantel und hüllt sich ein).
Laß uns fliehen. Nimm die Lampe, leuchte mir voran.

Ines. Die Nacht ist unsere Schützerin, kein Mond=strahl verräth die Flüchtigen.

Salvatierra (bleibt wie erstarrt stehen). Es naht Jemand. Gib die Lampe, verbirg Dich schnell.

Ines. Ich eile in das Nebengemach. (Sie geht rasch ab.)

Salvatierra (horcht). Man drückt auf die Klinke. (Beruhigter). Es kommt wohl der Müller zu dem Gast.

(Moro stößt die Thür auf.)

Moro (mit teuflischem Hohn). Graf von Salvatierra!

Salvatierra (setzt erschreckt die Lampe auf den Tisch, für sich). Moro!

Moro (drohend). Du entkommst mir jetzt nicht mehr.

Salvatierra. Teufel! — Mörder!

Moro. Gedenkst Du noch der Nacht in Saragossa, die so stürmisch war wie heute, als Du mich zum Kirch=hof schleppen ließest, mich mit dem Schwerte zwangst, die Gebeine meines Vaters auszugraben und zu ver=brennen?

Salvatierra. Verdientest Du nicht die Strafe, ver=halfst Du ihm nicht zur Flucht aus dem Kerker?

Moro. Der Sohn sollte nicht seinen Vater, den kranken schuldlosen Greis befreien?

Salvatierra. Den Juden nicht, den Unmenschen, der mit dem Blute eines Christenkindes den Opferstein seines Hauses besprengte.

Moro. Du hattest nicht den Muth, den aber=witzigen Lügner, den habsüchtigen Ankläger zu entlarven, und auch kein Gewissen, mit ihm das geraubte Gold zu theilen.

Salvatierra. Das Volk schrie ob des Mordes nach Rache. Ich ließ Deinen Vater fesseln, um Dich zu retten.

Moro (höhnisch). Wie edel, christlich hast Du gehandelt! (Wild aufflammend.) Vergaßest Du, durch wen und wie mein armes Weib starb?

Salvatierra. Der Vater der Maria de Pacheco klagte sie als Ketzerin an.

Moro. Und Du legtest gegen sie ein falsches Zeugniß ab.

Salvatierra. Der rechtgläubige Christ durfte die Aussage nicht verweigern.

Moro. Fühlte kein Mitleid mit dem Weibe, das an dem Herzen eines Juden sich glücklich fühlte.

Salvatierra. Es wurde der Schuld überführt.

Moro (wild). Mit der Folter das Geständniß ihr erpreßt. — Wohin brachtest Du mein Kind? Es lebt nicht mehr? Hast Du es auch Deinem Hasse hingeopfert? Du ließest es entführen, — tödten?

Salvatierra (erschüttert). Dein Kind lebt.

Moro. Wo? Wer schützte es?

Salvatierra (für sich, bebend). Wenn sie es hört. (Zu ihm.) Deine Tochter wurde im Hause der Maria de Pacheco auferzogen.

Moro. Das lügst Du. Mein Kind ist todt! (Er stürzt mit dem Dolch auf ihn.) Stirb für die Mutter, für das Kind!

Salvatierra (entreißt ihm den Dolch). Abtrünniger! Du bist verflucht! (Er ersticht ihn.)

(Ines stürzt herbei.)

Ines (im höchsten Schmerze). Halt ein! O mein Vater!

(Moro sinkt in ihre Arme.)

Moro (sich erholend). Du, mein Kind? Du bist es nicht. (Er stößt sie von sich). Mein Kind wurde ermordet. Glaub' dem Lügner nicht!

Salvatierra. Verstoß' nicht Deine Tochter. Pacheco ließ sie taufen. Ines ist ihr Name.

Moro (mit gebrochener Stimme, schmerzvoll). Rebecca! Du bei ihm? Was willst Du bei ihm? Verräthst Du ihm die flüchtigen Juden?

Ines. O mein theurer Vater! Ich kam, ihn vor seinen Feinden zu warnen. (Sie will ihn umschlingen, er weist sie fort und sinkt in den Lehnstuhl.)

Moro. Du reichst dem Mörder Deiner Mutter hilfreich die Hand? (Sterbend) O! Mein Kind ist todt! Eine — Judenchristin! (Er sinkt todt in den Lehnstuhl zurück.)

Ines (beugt sich über ihn). Vater! Sprich noch einmal! Blick' mich noch einmal an! O verstoß mich nicht! Verstoß nicht Dein Kind! (Sie sinkt schluchzend an seine Brust.)

Salvatierra. Männerstimmen! — Raffe Dich auf. Komm' mit mir, geleite mich durch den geheimen Gang.

Ines (erhebt sich, bläst die Lampe aus, zu ihm). Hinweg, Mörder!

(Sie stürzt in das Nebengemach und schließt die Thür.)

Salvatierra. Ich bin verloren!

(Soldaten dringen durch die Mittelthür ein.)

Der Anführer (leuchtet mit der Fackel in dem Gemach umher). Hier ist der Rebell! — (Zu Salvatierra.) Du bift zum Tode verurtheilt. (Zu den Soldaten.) Ergreift ihn, bringt ihn in die Stadt.

Alle Soldaten. Fort mit ihm.

(Sie ergreifen Salvatierra und schleppen ihn fort.)

Verwandlung.

Im Hintergrunde auf einem Felsgebirge liegt Toledo. Am Fuße des Gebirges fließt der Tajo. Rechts vorne liegt ein verfallenes Saracenenschloß, von welchem ein kurzer Weg zu einer Brücke sich zieht. Blitze leuchten.

(Maria stürzt als Bäuerin verkleidet herbei.)

Maria (erschöpft). Hier in diesen Ruinen kann ich rasten, mich verbergen. Eine Flüchtige! Eine Bettlerin! Verstoßen von dem Volke, dem ich mein Liebstes hin=geopfert! — O schnöder Undank! — Begnadigt von dem Sieger, der den Heißgeliebten zum schmachvollsten Tode verdammte! — O grausamer Hohn! — Klagt mich der Selbstsucht, der Herrschbegierde an! — Gab ich nicht Macht, Reichthum, den Gatten, meine Kinder für die Freiheit Castiliens hin? — O meine Kinder! Meine armen Kinder! Euer unschuldsvolles Lächeln mildert nicht mehr meinen Schmerz, eure Liebe gibt mir nicht mehr Kraft, das herbe Geschick zu ertragen. Die Lanze eines flamändischen Reiters durchbohrte eure Herzen. Ich schoß den Mörder nieder. — (Ein Blitz erhellt Toledo.) Dort (sie zeigt auf die Stadt hin) auf dem Richtplatz der Inquisition sanken sie entseelt zu Boden. (Entsetzt.) Dort — wo man die Mutter der Ines ver=brannte! (Nach einer Pause.) O Juana! Du beweinst nur den theuren Todten, die Herzen Deiner Kinder schlagen

Oberleitner, Donna Maria de Pacheco.   7

noch für Dich! Du kannst noch lieben, ich aber kann nur haſſen — haſſen! — Tödte, Flammenblitz, das gebrochene Mutterherz! (Ein Blitz leuchtet auf.) Ein Harniſch blinkt mir entgegen! — Wer ſchreitet heran? (Sinnverwirrt.) Streich' nicht die blutigen Locken aus Deinem Geſicht! — (Sie tritt entſetzt zurück.) Nahſt Du mir wieder! Auch hier! — Wer rief Dich aus dem Grabe? — Meine Klage? — Padilla! O mein heißgeliebter Padilla! (In höchſter Erregung.) Du ſtreckſt mir die Hände entgegen! — Zum Gruß? — Du erhebſt ſie! Willſt Du die Kinder ſegnen? — Sie ſind nicht bei mir. (Schmerzvoll.) Sie ſind bei Dir, bei Dir! — Droh' mir nicht! (Aufſchreiend.) Ich trieb Dich in den Tod! Der Henker ſchlug Dir das Haupt ab! (Sie ſinkt ohnmächtig an den Schloßruinen hin.)

(Ines eilt herbei. Sie blickt ängſtlich zurück.)

Ines. Entſetzen jagt mich in die Sturmesnacht! Selbſt der Himmel zürnt über den grauſen Mord! — Mein Vater todt, ermordet von ihm, den ich auf der Flucht ſchützte, der meine Mutter als Ketzerin anklagte! — O chriſtliche Liebe, die mit Feuer und Schwert die Andersgläubigen, die Brüder verfolgt! O Menſchenliebe, die Milde heuchelt, das Wort der Verſöhnung ſpricht und den Dolch zum Brudermord ſchwingt! — (Sie ſieht Maria.) Maria hier! — Sie ſchlummert. Ein Traum feſſelt ihre Sinne. Sie fährt entſetzt empor! — Erfüllt ſie die Blutſchuld ihres Vaters mit Schrecken? — Sie läugnet ſie ab. O Falſche, Du wußteſt um ſie! Warum verſchwiegſt Du mir ſo lange den Tod meiner Mutter? — Schleud're fort die Ringe, Perlenſchnüre;

Thränen haben sie benetzt, Thränen eines Weibes, das
schuldlos in den Flammen starb. Gib zurück den Raub!
— O meine Mutter! Ich könnte die Heuchlerin jetzt
tödten, die Tochter des Mörders! — Mutter, ich räche
Dich!

(Maria erhebt sich und sieht überrascht Ines vor sich.)

Maria. Du folgst meinen Schritten! Liefere mich
den Toledanern aus!

Ines. Ich bin keine Späherin, ich diene auch nicht
der Inquisition. Du aber hassest die Judenchristen,
ließest sie verfolgen.

Maria. Ich zwang sie nur zum Gehorsam. Kein
Blutstropfen eines Gefolterten klebt an meinem Ge-
wande.

Ines. Auch nicht von meiner Mutter?

Maria. Das Volk klagte sie als Ketzerin an.

Ines (erregt). Dein Vater legte ein falsches Zeugniß gegen sie ab.

Maria. Du beschuldigst ihn, der dich in Schutz
nahm und rettete?

Ines. Aus Reue brachte er mich in sein Haus,
aus Furcht vor der himmlischen Vergeltung pflegtest Du
die arme, unschuldige Waise. (Sie zeigt auf Toledo.) Dort
flammte der Holzstoß auf, auf dem meine Mutter verbrannte.

Maria (blickt entsetzt zu Boden, für sich). Dort liegen
die Leichen meiner Kinder!

Ines. Du wagst nicht hinzublicken! Du schwurst
mit ihm den falschen Eid.

(Maria stützt sich an einen Pfeiler und starrt vor sich hin.)

7*

Inez (für sich). Sie ist mitschuldig! Stirb, hart=herziges Weib! (Sie greift nach dem Dolche und erfaßt das Amulet am Halse.) Das Amulet der Mutter! O meiner armen Mutter! — Die heilige Rose, die sie gepflückt, geküßt am Hochzeitstage, im Liebesglück, in seliger Lust! (Sie küßt das Amulet). Blüht auf die Rose von Mont=serrat? — Welcher Zauber erschließt ihren Kelch? — Meine Thräne? — Ein süßer Duft entströmt ihr; wie Gotteshauch weht es mich an; heiterer Friede zieht ein in meine Brust! — Umschwebt mich der Geist meiner Mutter? Flüstert sie mir zu, ich habe ihnen Allen ver=ziehen? (Sie schreitet zu Maria.) Maria, ich vergebe Dir! Komm an mein Herz!

(Das Ungewitter bricht los. Ein Donnerschlag erweckt Maria, die erschreckt emporfährt.)

Maria (mit gelöstem Haar und unstäten Blickes). Die Geschütze donnern, der Feind stürmt an!

Inez. Maria! Reich' mir die Hand. Tritt nicht weiter. Vor Dir gähnt der Abgrund.

Maria. Was zauderst Du? Zieh' das Schwert.

Inez. O Gott! Sie ist von Sinnen! (Erfaßt sie, liebevoll.) Komm' mit mir, ich geleite Dich nach Frankreich.

Maria (stößt sie fort). Hinweg! Du bist eine Lan=desverrätherin! (Sie eilt auf den verfallenen Thurm.) Auf, Padilla! Laß' die Feiglinge! Auf! In die Schlacht! (Sie streckt die Hand empor.) Für die Freiheit Castiliens!

(Ein Blitzstrahl schlägt in den Saracenenthurm ein, der zusammen=stürzt und Maria begräbt.)

Inez (die ihr nacheilen wollte, bleibt entsetzt stehen). Gott hat meine Mutter gerächt. (Sie faltet die Hände.)

(Don Giron kommt mit bekränzten Kriegern.)

Don Giron. Zieht ein das Siegesbanner, vor dem der prahlerische Franzose die Waffen streckte; der Sturm soll seinen Lorbeerschmuck nicht zerreißen. Die Fahne flattere im goldenen Sonnenstrahl, den Frieden verkündend, um das Haupt des edlen Königs Don Carlos.

(Sie ziehen die Fahne ein.)

(Er erblickt Ines.) Was suchst Du hier in den Ruinen?

Ines. Ich pilgere nach Rom, um für die Marranos bei dem Papste Adrian Schutz zu erflehen.

Don Giron. Kehr' mit mir nach Toledo zurück. Don Carlos herrscht jetzt in Spanien; er will den Reuigen großmüthig verzeihen, die Verfolgten schirmen.

Ines. Er wird Euch Granden zu unseren Schützern wählen, die uns dem Haß der Peiniger preisgaben.

Don Giron. Ich stieß Dich früher fort von mir; ich habe Dich tief gekränkt. Reich' mir jetzt die Hand zur Versöhnung. In den Tagen des Siegesjubels soll in Spanien keine Schmerzensthräne fließen; ich empfehle Dich und Deine Leidensgenossen der Gnade des Königs.

Ines. O schildere ihm, was wir erduldet, wie wir leiden.

Don Giron. Vertraue mir und auf den Edelmuth des Don Carlos.

(Ines reicht ihm die Hand. Er winkt zum Abmarsch.)

Der Vorhang fällt.

———&———